CHASSES CROISÉES

Xavier LELONG

Forcé de s'arrêter devant la vitrine d'un antiquaire, Guillaume d'Assas ne s'imaginait pas que sa curiosité allait l'entraîner, au risque de sa vie, dans une dangereuse aventure. Un autre danger le guettait.
Y avait-il un dénominateur commun entre ces deux menaces ? Guillaume qui avait pourtant l'imagination fertile et une bonne dose d'humour, allait devoir faire face à l'inimaginable : lutter sans connaître ses adversaires en les opposant pour qu'ils s'autodétruisent.

Paris, mercredi 31 mars 1980, 15 heures

Le temps était à la pluie depuis le matin. Un rendez-vous loupé, un déjeuner bâclé et un désir de penser à autre chose qu'à son quotidien, le poussaient à la flânerie. Le jardin des Tuileries proche donnait comme une odeur poivrée de printemps mais l'humidité ambiante gardait encore un relent hivernal.
Quelques touristes Japonais débarquaient d'un car aux couleurs criardes. Ils avaient l'air fatigués, repus de visites, les yeux rougis par le viseur des appareils photo et le mauvais sommeil arraché au décalage horaire.

Forcé de s'arrêter, Guillaume avait eu le temps d'apercevoir dans une vitrine d'une des nombreuses boutiques du Louvre des Antiquaires, encadrée de brocards jaunes entre une commode Louis Philippe, un secrétaire 1900 et un paravent décoré en trompe-l'œil, le petit portrait d'une jeune fille peint sur bois dans un cadre en merisier à moulures et rechampis ; la facture lui fit penser immédiatement à une œuvre de Ferdinand Von Raysky. Quelques années auparavant, il avait eu la chance d'acheter un dessin de ce peintre chez un antiquaire de Stuttgart. Guillaume voulut en connaître le prix. Après tout, le vendeur ignorait peut-être qui était ce petit maître romantique allemand et de toute façon il était valorisant de vérifier la justesse de son jugement.

Il fit demi-tour, prenant à gauche la rue de Marengo puis la rue Saint-Honoré et s'engouffra enfin dans ce temple où se vend de la brocante et de l'ancien authentique à prix d'or ; il y avait peu de clients aujourd'hui et encore moins d'acheteurs. Guillaume y est venu souvent à la recherche de l'objet impossible. Pourtant il n'aimait pas cet endroit. Il y manquait d'air. Tout lui semblait artificiel. Il avait quelquefois découvert dans ce bric-à-brac un petit meuble qui lui aurait bien plu mais avait dû renoncer devant les prétentions financières exorbitantes du marchand. Il chercha sa boutique, s'orientant avec difficulté, ne pouvant se renseigner ne connaissant même pas le nom du magasin. De tours en détours, il lui sembla le reconnaître par la disposition des meubles, l'objet recherché. Le carillonnement de la porte d'entrée n'attira l'attention de personne. La pièce était déserte et sentait l'encaustique. Il toussota sans succès. Le boutiquier allait sûrement revenir, pensa-t-il. Il y avait près de la porte une commode marquetée sans doute italienne. La facture était de bonne qualité.

Pour passer le temps, il la regarda de plus près, caressant ses formes arrondies et admirant la patine de ses vernis. Il ouvrit un tiroir par curiosité qui coulissa avec difficulté. Il contenait quelques paquets entourés de papier journal et des exemplaires de la revue Art. Toujours seul, Guillaume commençait à s'impatienter. Il s'assit dans un fauteuil cabriolet un peu instable, se releva puis remarqua dans un coin de la boutique le dos plat d'un grand fauteuil de style Louis XIII, d'où dépassaient des mèches blondes. Était-ce une perruque oubliée par inadvertance ou à la tignasse d'une vendeuse endormie ou complètement sourde ? Il plaignait déjà l'infirmité de cette pauvre femme. Il s'annonça d'un bonsoir sonore et n'obtenant pas de réponse, demanda en forçant le ton, le prix du portait en vitrine. Silence ! Guillaume contourna le fauteuil. Il eut un haut-le-cœur. Une jeune femme, les yeux révulsés, le teint blafard, la gorge tranchée, lui faisait face !

Une coupure nette, allant d'une oreille à l'autre, barrait son cou. La mort devait être récente car le sang s'écoulait encore par légères saccades. Au sol près de son pied gauche, traînait un couteau de chasse curieusement propre. Du sang maculait tout son chemisier et le haut de sa jupe. Une tache rougeâtre s'étendait déjà sur le tapis. Guillaume remarqua alors une curieuse impression d'étonnement sur le visage de la jeune femme, sûrement tuée par surprise, et pensa que sa mort avait dû être instantanée. Il éprouva avec amertume son impuissance. Sur un guéridon, à portée de sa main droite, était posé un combiné téléphonique décroché dont le fil avait été sectionné.
Le fauteuil situé dans le coin droit de la boutique, derrière les rideaux de brocard, était placé de telle façon qu'il ne soit pas visible de la rue.

Guillaume sortit dans le couloir, la panique au ventre et les jambes molles. Il aperçut trois personnes, deux femmes et un homme dans le magasin d'à côté. Il y entra. La conversation ne s'arrêta pas pour autant. Il était question du prix d'un secrétaire Louis Philippe en acajou et à voir l'œil satisfait de la commerçante, la négociation parvenait à son terme.
« Puis-je, s'il vous plaît, me servir de votre téléphone, » demanda Guillaume fort poliment.
La boutiquière lui rétorqua avec aigreur qu'il y avait une cabine publique au premier étage.
« C'est qu'il y a urgence ! » insista-t-il sans se démonter.
La dame ne voulait pas s'en laisser compter mais comprenant que son impatience et sa mauvaise humeur n'étaient pas du meilleur effet dans la négociation en cours, indiqua d'un coup de menton le téléphone à Guillaume.
« Allez-y » dit-elle en le regardant comme s'il était une mauvaise copie des Galeries Barbes.
Guillaume composa le 17. Occupé ! Il recommença trois fois avant de s'entendre dire
« Ne quittez pas ! »

La standardiste reprenait toujours :
« Ne quittez pas ! »
Après quelques secondes une voix atone s'informa de l'objet de l'appel.
« Je viens de découvrir une personne assassinée dans une boutique du Louvre de Antiquaires !
Que dois-je faire ? Comme un médecin ne servirait plus à rien, j'ai pensé que vous pourriez peut-être vous en occuper ! »
Guillaume réagissait toujours avec dérision quand il devait faire face à une situation devenue incontrôlable.
Après quelques secondes, la voix reprit pour la troisième fois
« Ne quittez pas… »
Cette rengaine finissait par l'agacer. Il ne voyait pas pourquoi, il quitterait la ligne alors qu'il s'acharnait depuis cinq minutes à trouver un interlocuteur au risque de se faire estourbir par une commerçante furieuse de la tournure des évènements.
La négociation pour l'achat du secrétaire s'était brusquement arrêtée. C'est ce qu'on appelle un silence de mort pensa-t-il avec à propos. L'homme prit sa femme par le bras, l'entraînant vers la porte en disant d'une voix paniquée :
« Nous allons réfléchir ! Allons, allons viens chérie… »
En voyant le regard de la vendeuse, Guillaume pensa qu'il risquait d'y avoir dans les cinq minutes un deuxième meurtre !
La voix de son interlocutrice anonyme reprit :
« Je vais vous passer le service. »
Comme dans un rêve, il se vit dans l'ascenseur des Galeries Lafayette et crut entendre une voix nasillarde ânonner :
« Premier étage : cambriolages agressions en tous genres ; deuxième étage : escroqueries, recels, incendies criminels ; troisième étage ; meurtres, assassinats… »
Une voix d'homme le sortit de son fantasme :
« D'où appelez-vous ? Votre nom s'il vous plaît ! »
Patiemment, Guillaume répondit :
« Je suis au Louvre des Antiquaires, au rez-de-chaussée, en face du magasin dénommé Le Temps Jadis. Mon nom ne vous dira

rien. Nous nous présenterons tout à l'heure, si mon affaire vous intéresse ! »
Il sentait qu'il énervait son interlocuteur.
« Restez sur place lui intima la voix masculine. Nous arrivons ! »
Cette situation excentrique finit par l'amuser. Il se dit avec un esprit d'escalier un peu décalé qu'il aurait pu se présenter :
« Ici Dracula, prince de Malachie, serviteur ! »
Mais le brave fonctionnaire n'aurait sûrement pas compris le sel de la plaisanterie. Chose curieuse, ce dialogue lui sembla d'une banalité navrante dans ses termes comme dans sa tonalité.
Depuis quelques minutes, Guillaume avait l'impression d'avoir passé sa vie à annoncer la fin sanglante et prématurée de vendeuses d'antiquités à des policiers tellement repus de bonnes nouvelles qu'ils ne savaient répondre que par des phrases idiotes.
Il ne se refusait pas de temps à autre la lecture d'un bon polar mais il ne ressentit pas à cet instant l'ambiance qu'il y trouvait parfois. Il se rendit compte que le vocabulaire utilisé depuis quelques minutes ne correspondait pas du tout au dramatique de la situation qu'il était en train de vivre ; il aurait voulu éprouver de la panique, du dégoût ou même une simple excitation. Il ne ressentait rien, persuadé qu'il allait bientôt se réveiller !
Guillaume sortit alors de la boutique pour éviter un autre drame…

Son attente fut de courte durée. Il entendit au loin les sirènes des voitures de police, puis le brouhaha de conversations un peu hachées. Le couloir fut brusquement envahi d'hommes en uniforme, de policiers en civil, persuadés de découvrir sur place un assassin patient ou un plaisantin hilare. Guillaume, qui n'avait eu affaire à la police que pour de banales affaires de la vie courante, se dit qu'il y avait une évolution spectaculaire de l'archétype du flic moyen. Ses références dans ce domaine étaient avant tout littéraires. Finies les bacantes tombantes et les godillots ferrés, disparus les chapeaux melon et les costumes étriqués, envolés les Dupont et Dupond. Le poulet moderne s'habillait de

jean, ne portait plus de cravate et avait les cheveux longs. Envolés aussi l'inspecteur Javert, le commissaire Maigret ; on parlerait maintenant du capitaine Javert ou du commandant… ou du colonel Maigret. Il pensa avec amusement que la police moderne était un savant mélange de truanderie et de militarisme. Guillaume, debout devant la vitrine du magasin attendait la suite avec curiosité.
« Monsieur, circulez, il n'y a rien à voir ! »
Un agent en uniforme repoussait les curieux qui commençaient à encombrer le couloir. Guillaume aurait bien aimé un peu plus de civilité. Il se sentait frustré sans raison réelle. Après tout, c'était lui l'informateur !
« Pourrais-je parler à un inspecteur ? »
L'agent se tourna vers un homme sans âge, portant un chandail et un pantalon trop large :
« Capitaine, ce monsieur désire vous parler. »
Le policier, toisa Guillaume :
« Bonjour, vous avez quelque chose à me dire ? »
Demanda-t-il un brin condescendant.
« C'est moi qui vous ai appelé pour vous signaler… la mort enfin le meurtre… » Dit-il en indiquant le fauteuil.
« Vos papiers… »
Au moins les avait-il ? Fouillant dans la poche intérieure de son veston, il en ressortit son portefeuille vide de toute pièce d'identité.
Pris en défaut, il sentit une sourde irritation le gagner. Désireux de garder en toutes circonstances le contrôle de lui-même et ayant eu depuis toujours en horreur la familiarité, il se présenta un peu sèchement en claquant des talons et en inclinant un peu la tête à la manière d'Éric Von Stroheim :
« Guillaume d'Assas, écrivain ! »
C'était autrefois un bon truc d'acteur mais l'ambiance n'était pas vraiment à la comédie de boulevard. L'œil du policier resta terne. Guillaume regretta aussitôt de ne pas s'être présenté :

« Victor Hugo, coiffeur pour dames... » Espérant faire naître un semblant de sourire dans le regard du flic. Ne sachant quoi ajouter, Guillaume s'enquit de l'identité de son interlocuteur. Il n'obtient pour toute réponse qu'un coup d'œil agacé. Il insista :
« A qui ai-je l'honneur ? »
Après tout, il payait ses impôts, votait à toutes les consultations électorales, avait fait son service militaire comme sous-lieutenant dans la cavalerie et était, quoiqu'on n'en pense, le contribuable payeur de cet argousin. Son âme de citoyen honorable ne supportait pas ce silence. Le policier parut se réveiller :
« Capitaine Lafond... »
Marmonna-t-il en s'éloignant. Lafond savait que le commissariat du 2e arrondissement ne garderait sûrement pas la direction de l'enquête d'un crime aussi médiatique. Elle sera certainement confiée par le juge d'instruction à la section criminelle du quai des Orfèvres.

La réalité d'un drame est souvent moins passionnante que la fiction d'un roman. Guillaume, son adresse donnée, s'entendit dire qu'il serait prochainement convoqué pour témoigner auprès des instantes compétentes.
Un gardien de la paix en uniforme interdisait maintenant l'entrée du magasin ; ayant vu Guillaume parler au capitaine Lafond et pensant qu'il a un rapport probable avec l'enquête, il s'effaça pour le laisser entrer.
Il ne fallait surtout ne pas hésiter. Guillaume savait par expérience que le culot était le meilleur moyen de parvenir à ses fins. Très décontracté, il s'assit près du portrait de la jeune beauté qui l'a entraîné dans cette aventure rocambolesque. Le magasin n'avait sûrement jamais connu une telle affluence. Comme sur la scène d'un théâtre de variétés, des gens entraient et sortaient, ne lui portant aucune attention. On devait le prendre pour quelqu'un de la famille ! Tous officiaient sans aucun respect pour la morte ni pour l'ordre établi : photos de face, de profil, coup de zoom sur la

plaie, poudrage de poussière blanche, époussetage avec houppettes, ouverture de tiroirs, déplacement d'objets divers.
Guillaume remarqua que le couteau avait disparu. Chaque meuble examiné, déplacé était remis dans un ordre approximatif par des personnages vêtus de combinaisons blanches, portant un masque et une toque, les mains gantées de caoutchouc.
Au sol, il aperçût des petits cartons colorés, pliés, portant des numéros.

Les rideaux en brocards jaunes avaient été tirés pour éviter la curiosité malsaine des passants. Assis confortablement, Guillaume, en spectateur attentif, vit une femme jeune assez jolie prendre des notes. Peut-être est-ce la légiste, pensa-t-il, ou une capitaine en jupon. Bêtement il pensa que si elle recherchait la cause du décès, il lui serait facile de constater qu'elle n'était pas morte en tombant d'une échelle. L'imagination de Guillaume le poussait à des raisonnements absurdes : Et si c'était un suicide ? Impossible ! Il eut fallu que la pauvre femme fut gauchère ce qui n'était pas improbable mais sûrement qu'elle soit complètement folle pour organiser une telle mise en scène ! Et fort méticuleuse pour avoir pris soin de nettoyer le couteau avant de passer de vie à trépas !

L'imagination de Guillaume partait en vol plané : il est éventuellement envisageable de s'ouvrir les veines du poignet gauche dans une baignoire remplie d'eau chaude parfumée à la verveine ou au sel de lavande, un soir après une bonne cuite, tout en écoutant une œuvre pour soprano d'Anton Webern après avoir lu un livre de Marguerite Duras. Mais sûrement pas ici, dans cette boutique qui sentait l'encaustique et la poussière. Il sortit brusquement de sa torpeur en entendant une voix stupéfaite l'interpeller avec vigueur :
« Mais bon sang qu'est-ce que vous faites là ? »
Le capitaine Lafond venait de découvrir Guillaume rêvassant dans son fauteuil.

« Mais capitaine j'attends qu'on m'interroge ! Je vous rappelle que je suis celui qui a découvert ce drame ! Un témoin à retardement en somme… »
« Dégagez, vous n'avez rien à faire ici ! Je vous ai dit que vous serez convoqué. »
Pour ne pas avoir à subir la loi du plus fort, Guillaume s'empressa de quitter les lieux. Sortant de la boutique, il croisa un homme chauve et légèrement bedonnant, salué par le gardien de la paix. Il entendit :
« Bonsoir monsieur le substitut ! »
Il comprit qu'il venait de voir passer le procureur. Il croisa le regard furieux de la commerçante de la boutique voisine, spoliée de sa vente, qui aurait sûrement applaudi à son arrestation musclée !
Il n'avait plus qu'à rentrer chez lui et essayer de se débarrasser de cette étrange salissure qui lui collait au corps et à l'âme.

Jeudi 1er avril, 10 heures

Le commandant Julien Laplace faisait partie de la police judiciaire depuis presque cinq ans. Il avait perdu depuis longtemps toutes illusions quant à la rigueur de son métier mais n'avait pas eu le courage d'envisager d'en faire un autre. Il poursuivait donc sa carrière avec opiniâtreté, cherchant à oublier qu'il avait autrefois rêvé d'une justice sereine et naïvement espéré qu'il participerait au triomphe du bien sur le mal. Les filatures, les nuits sans sommeil à planquer dans des camionnettes banalisées, les casse-croûtes pris sur le zinc de bistrots crasseux à six heures du matin, le côtoiement journalier de victimes et de crapules, la méfiance des magistrats, l'avaient endurci, faisant naître en lui un sentiment de routine qu'il partageait quotidiennement avec ses collègues sans exaltation ni regret.

Il était resté célibataire, par peur de devoir partager une vie étriquée aux horaires excentriques sans grande compensation financière. Bien noté, il avait postulé pour un poste à la Criminelle dirigée par le commissaire divisionnaire Lehu ; il l'avait obtenu depuis quelques mois.

Malgré cette promotion, il devait faire l'effort de dominer l'enlisement de ses obligations quotidiennes et la médiocrité de son entourage.
Julien Laplace avait su heureusement préserver une passion qui lui permettait de surnager dans sa solitude : la musique et en particulier un amour immodéré pour le bel canto. Il connaissait par cœur les livrets de tous les opéras de Verdi et de Puccini, se délectait de Bellini, se pourléchait de Donizetti et rêvait d'entendre un jour au Palais Garnier ou à la Bastille, Placido Domingo dans le grand air d'André Chénier de Gordano. Pavarroti lui avait fait oublier depuis quelques années les lourdeurs de son administration, Mirella Freni ou Renata Tebaldi lui avaient permis d'accepter que des malfrats qu'il avait pourchassés pendant des semaines avec son équipe soient relâchés après quarante-huit heures de garde à vue par des juges d'instruction incompétents ou par d'autres au nom d'une morale politique contestable.

En arrivant au Quai ce matin, au cours de la réunion quotidienne, Lehu, commissaire divisionnaire, informa son équipe que le crime du Louvre des Antiquaires, dont parlait toute la presse, leur était confié par le substitut du procureur. Le juge d'instruction comme à son habitude leur avait donné carte blanche. Tous les renseignements obtenus par le commissariat du 2e arrondissement devaient leur parvenir ce matin.
Laplace avait rendez-vous avec le capitaine Lafond ; il se fit annoncer une demi-heure plus tard. Julien n'obtint pas beaucoup plus d'informations de son collègue que celles contenues dans le dossier. Après avoir abordé les différents renseignements obtenus la veille, Lafond parla alors de l'attitude pour le moins curieuse du seul témoin, un dénommé Guillaume d'Assas.

« Un type pète-sec et d'une curiosité suspecte » lui avait-il dit.
Laplace décida de convoquer ce d'Assas dès que possible. A lire et à regarder les photos du dossier, il lui sembla évident que

l'assassin ne pouvait être qu'un tueur professionnel. Il n'avait laissé aucun indice, aucune empreinte. L'emplacement du crime, légèrement en retrait par rapport aux vitrines de la rue mais visible du couloir, représentait pour le meurtrier un risque énorme d'être vu. Une telle détermination ne pouvait être que l'acte d'un tueur très bien entraîné.

Jeudi 1er avril, 10 heures 30

Guillaume avait passé une nuit assez agitée. La veille, soucieux de s'aérer le corps et l'esprit, il avait regagné son appartement à pied. Une averse de pluie et de neige fondue l'avait forcé à s'abriter dans un recoin de porte cochère. Une jeune femme portant un sac assez volumineux le rejoignit bientôt suivie d'un homme de forte corpulence. La fille était jolie, quoiqu'un peu maniérée mais le gros homme d'une soixantaine d'années était tout à fait antipathique. Devant cette affluence Guillaume partit moitié courant moitié marchant vers le bistrot le plus proche.
« Garçon, un petit blanc de Touraine s'il vous plaît ! »

L'avait-il demandé en pensant au commissaire Maigret ? Il s'était rendu compte, tout en marchant, que sa curiosité et son attirance pour le portrait de Von Rasky, l'avaient entraîné dans une aventure fort désagréable. Il pensait aussi aux empreintes qu'il avait dû laisser un peu partout dans le magasin, sur la commode et le fauteuil sur lequel il s'était assis. Pourquoi avait-il pris la peine d'appeler la police alors qu'il aurait pu s'éclipser ! Il revit le visage furieux de l'antiquaire frustrée de sa vente qui avait dû faire de lui le suspect idéal ! Pour la première fois de sa vie, Guillaume devenait l'un des personnages qu'il avait si souvent décrit dans ses romans. Il n'avait jamais songé qu'un jour, il passerait de l'autre côté du miroir laissant à quelques journalistes, friands de sensationnel et peu soucieux de vérifier leurs informations, le soin de le décrire comme un tueur pervers.

Accoudé au comptoir, il avait bu d'un trait son blanc de Touraine, un vin vert et sans intérêt tout en regardant autour de lui. Le bistrot profitait du mauvais temps.
Il était plein et bruyant. Il aperçut au bout du zinc le gros homme qui l'avait fait fuir de l'abri de sa porte cochère, qui tentait de se rapprocher de lui. N'ayant rien à dire à ce triste individu, Guillaume s'éclipsa. Trempé par la pluie qui avait redoublé, il s'engouffra dans le métro à la station Louvre pour ressortir à Maubert-Mutualité.

Guillaume habitait depuis des années un grand appartement biscornu dans le charmant quartier de la rue du Fossé Saint Jacques, à deux pas du Panthéon et à trois enjambées du boulevard Saint-Michel et des jardins du Luxembourg. Depuis des lustres, il y vivait seul et partageait avec son imaginaire des moments d'agréable solitude. Agrégé d'histoire, Guillaume avait occupé pendant une dizaine d'années une chaire à la Sorbonne. Il y avait enseigné à des hordes d'étudiants guère plus jeunes que lui. Puis, un héritage familial important lui avait permis de se détacher des soucis matériels et de vivre au gré de ses fantaisies. Par amusement, Guillaume s'était mis à écrire des romans policiers qui à sa grande surprise connurent un réel succès et des tirages plus que flatteurs.

Depuis une semaine, il devait remettre à son éditeur et néanmoins ami, un nouveau manuscrit. Il écrivait vite mais comme d'habitude, il était en retard.
Sortant du métro, Guillaume remonta la rue Soufflot, prit la rue Saint-Jacques et trempé comme une soupe, il arriva enfin chez lui. Pour se réchauffer, il hésita entre un grog brûlant ou une douche

chaude et finalement choisit le verre d'alcool avec une rondelle de citron vert.

Vers vingt heures il descendit dîner à la pizzeria voisine. Devant son immeuble, sur le trottoir d'en face, il aperçut l'obèse qui l'avait filé tout l'après-midi, l'attendant sous un vaste parapluie. Furieux d'être suivi, inquiet de cette présence, il remonta chez lui, prit une canne à bout ferré bien décidé à repousser l'intrus et repartir à la conquête de son plat de spaghettis. Le combat n'eut pas lieu faute de combattant. Le gros homme avait disparu.
Deux minutes plus tard, attablé à la Terra Nova, Guillaume commanda des fettucines à la francese, arrosés d'une bouteille de chianti. Séréna, la femme du patron d'origine sicilienne, fort jaloux comme il se doit, lui lançait depuis quelque temps des œillades enflammées. Ayant eu pour la journée son compte d'émotions fortes, Guillaume l'ignora en se plongeant dans son journal.

Vers dix heures, il rentra chez lui l'esprit chamboulé par sa macabre découverte de l'après-midi. Sachant qu'il allait mal dormir, il brancha son ordinateur et se mit à écrire.
« Je cherche la piste des autres, des invisibles, de ceux qui me fuient parce que je veux les définir, les matérialiser pour en faire les complices de mon histoire, les antis-moi que je pourrais trahir à mon aise, traîner dans mon insupportable en faisant d'eux des coupables, les aimer sans contrepartie et les tuer sans risque. Je sais qu'ils viendront comme des voleurs, m'épieront, me défieront et par curiosité ou par concupiscence, se révéleront pour connaître les raisons de mon approche. Mon piège sera l'association d'une feuille de papier et d'un stylo, mes armes, le temps et l'imaginaire. La lutte sera quotidienne, le risque permanent car de ce combat dangereux pourra naître la nostalgie, la folie ou la mort.

Quand ils seront nés de mon esprit, nantis d'un aspect physique, dotés d'une vie autonome et d'une existence propre, ils deviendront les ennemis, les complices ou les témoins involontaires de mon imagination. Je garderais sur eux la domination du créateur et jusqu'à son dénouement ; ils ignoreront ma puissance imprévisible. Dans le cours de cette histoire, je ne sais à l'avance si je serai chroniqueur, justicier, victime ou spectateur. Serai-je un personnage parmi les autres ou l'entité au centre du cercle emprisonnant l'aventure. Il n'y a pas de création ni équilibre sans trinité : il me faut trouver des témoins, des victimes et des justiciers. »

Un nouveau personnage venait habiter Guillaume : un écrivain fou piégé par ses hallucinations confondant réalité et fiction. Il allait progressivement devenir un tueur en série. Guillaume ne savait pas encore qui devra le combattre, un flic, un curé, un psychiatre ou un privé mais il commençait à sentir en lui les prémices de son nouveau roman.
Fatigué de tant d'émotions, il ferma alors son ordinateur, s'offrit une petite prune de Souillac et prit le premier livre qui lui tomba sous la main, - Les aventures du capitaine Hatteras - de Jules Verne ; il brancha sa chaîne pour savourer une fois encore la quatrième sonate de Beethoven pour violoncelle jouée par Rostropovitch.

Quand il aimait un texte, Guillaume le déclamait avec délice :
« Pen dit-il d'une voix tranquille, un geste de plus et je te brûle la cervelle … ».
La tournure et le vocabulaire de cette phrase le fit rire…
Le téléphone se mit à sonner. Sans se presser, il marqua sa page et décrocha. Au bout du fil, il entendit une respiration rauque et une voix à fort accent germanique dire
« Méfiez-vous de Hans… » Puis, une détonation assourdie, un choc mat et un bruit de verre brisé… et la sonnerie d'un appareil

mal raccroché. Un peu inquiet, mais n'ayant aucune idée de qui venait de se passer, il haussa les épaules et reprit son livre
« …en parlant de la sorte, il arma son revolver et se dirigea vers le matelot… »

Jeudi 1er avril, 22 heures

On sonna à la porte. Guillaume attrapa sa canne et voyant mal par l'optique de la porte, s'informa du nom de ce visiteur tardif. C'était une visiteuse à qui il ouvrit avec plaisir, encombré par son bâton de montagnard ; Sophie s'étonna de son accoutrement, s'inquiétant d'une possible foulure. Guillaume se sentit un peu ridicule ; il reposa son arme et prit la jeune femme dans ses bras. Il aurait dû lui en vouloir : indirectement elle était responsable de sa visite inopinée au Louvre des Antiquaires et de sa mortelle aventure ! La veille, jalouse d'une amie commune, elle l'avait plaqué entre la poire et le fromage au cours de leur déjeuner. C'était inutile d'en reparler et dangereux de lui raconter sa mésaventure policière. Heureux de se retrouver, ils eurent bien d'autres choses à penser. Les heures suivantes ne laissèrent pas beaucoup de place à un sommeil réparateur si bien qu'elle le quitta vers neuf heures du matin, heureuse et fatiguée.
Sophie Delouvrier était amoureuse de Guillaume d'Assas depuis leur rencontre à la Sorbonne. Il avait été son professeur et ils avaient, par hasard, fait plus ample connaissance au cours d'un dîner. Sophie avait dix ans de moins que lui et savait d'instinct qu'il n'était pas d'une fidélité à toute épreuve. Elle était de petite taille, brune aux yeux clairs, exclusive et jalouse mais avait

compris depuis longtemps qu'elle risquait de tout perdre en voulant s'imposer. Malgré cette sagesse apparente, avant hier, au cours d'une soirée chez des amis, Guillaume avait semblé prêter trop d'attention aux chatteries et aux flatteries de leur hôte, une certaine Marianne. Elle était trop jolie pour être honnête et trop roucoulante pour ne pas avoir des idées malhonnêtes derrière ses cheveux décolorés, pensait-elle avec rage. Sophie s'était vite rendu compte de l'inutilité de sa réaction. Elle venait ce soir faire oublier sa colère et … vérifier que son cher Guillaume passait sa soirée en solitaire !

Vendredi 2 avril, 9 heures

Après le départ de Sophie, Guillaume espéra faire une grasse matinée réparatrice. Les doigts de pied en éventail, il avait repris les aventures du capitaine Hatteras :
Le Forward chenalait donc, non sans une extrême difficulté, au milieu des tourbillons de neige. Cependant… Le téléphone se mit à sonner. Guillaume manifesta une certaine inertie mais les évènements de la veille lui revinrent en mémoire et il jugea opportun d'oublier sa paresse matinale.
Curieux, il décrocha au bout de quinze sonneries mais par prudence, il prit la voix embrumée d'un alcoolique réveillé en sursaut.
« Allo, oui ? »
« Monsieur d'Assas, commandant Laplace en ligne… de la police judiciaire. Au sujet de votre témoignage d'hier après-midi, j'aimerai vous voir dans nos bureaux au quai des Orfèvres… »
« Cela me sera difficile… »
« Disons ce matin vers onze heures…vous demanderez au planton le bureau 105… »
« Désolé, mais je suis souffrant. Si vous passez dans le quartier, j'habite 7 rue des Fossés… »

« Saint-Jacques…je sais… Je pourrais vous convoquer…mais j'y serai en début d'après-midi. »
Laplace répondait sèchement à son interlocuteur tout en ressentant de la curiosité. Il pensa qu'en se rendant chez ce d'Assas, il pourrait mieux percevoir ce curieux personnage !

Décidément la terre entière se liguait pour empêcher Guillaume de faire la grasse matinée. De toute façon, il avait une faim de loup aiguisée par l'odeur du café préparé par Sophie avant son départ.

« Adieux mon cher Verne, le capitaine Hatteras saura attendre ! »
Il prit une douche brûlante, s'habilla en savourant son café et quitta son appartement en sifflotant vers un bistrot où il avait l'habitude de prendre son petit déjeuner.
Madame Perrez, la concierge, briquait les cuivres de la porte cochère dans le hall d'entrée.
« Buenos dias, Señorita… »
« Bonjour monsieur d'Assas ! »
Dit-elle en interrompant son travail. Elle montra du menton deux agents en uniforme qui faisaient les cent pas devant l'immeuble.
« Auriez-vous gagné le prix Goncourt ? »
Guillaume était habitué aux conversations étranges de la gardienne mais ce coup- là, il en resta sans voix. Pourquoi cette question ? Que savait-elle des prix littéraires notre brave concierge ? Et pourquoi cette surveillance intempestive de la force publique ?
Si Laplace me fait surveiller, ce serait certainement fait plus discrètement, pensa-t-il. Madame Perrez se mit à rire devant la perplexité de Guillaume.
« Ne vous inquiétez pas, nous avons un nouveau locataire au sixième, un prince Saoudien, à ce qu'on m'a dit, tout ce qui a de plus vrai ! Pas très aimable le bonhomme mais pour le coup on est bien gardés… »

Madame Perrez avait pour Guillaume des attentions de mère depuis qu'elle avait appris qu'il publiait des livres à succès. Elle voulait absolument qu'il obtienne le prix Goncourt (pas un autre) pour épater les autres concierges du quartier.

Au passage, Guillaume acheta dans le kiosque de la rue Soufflot, le Figaro et le Parisien. Assis à la terrasse de la brasserie Les Fontaines, il commanda un grand crème et des croissants (beurre s'il vous plaît garçon !) puis ouvrit le premier des deux quotidiens. En première page du Figaro, il était question du moyen Orient, des futures élections cantonales et des records de la Bourse. Pas très nouveau tout cela pensa-t-il.
Au garçon qui lui apportait son petit déjeuner, il dit en montrant le journal du menton :
« Rien n'avance, tout flotte sans que l'on puisse dire que tout baigne ! »
Il n'eut pour toute réponse qu'un sourire poli.
En page 21, dans la rubrique des faits divers - La vie à Paris, il lut :
- Meurtre d'une jeune femme dans un magasin d'antiquités au Louvre. - L'article était pauvre en renseignements mais il ne fallait pas acheter le Figaro pour y trouver des détails sanguinolents ou croustillants. Le titre du Parisien en page 2 était plus explicite :
- Meurtre d'un autre âge ! - (fine allusion à l'enseigne de la boutique). L'éditorialiste en savait beaucoup plus que son confrère du Figaro. Avec la finesse d'un potache, le journaliste pensait faire un scoop en insistant sur le caractère moyenâgeux de cet horrible fait divers.

L'article du Parisien précisait que la femme assassinée était âgée de 28 ans, qu'elle était originaire de Pont-Audemer, et même, sans logique apparente, qu'elle avait un diplôme des Langues Zo (sic). Le nom de la victime n'était pas mentionné. Le journal avait sûrement au commissariat un informateur bien renseigné et sans doute bien rétribué !

Sur la même page, un autre encart relatait l'assassinat par balles d'un allemand dans une cabine téléphonique du 5e arrondissement ; le Figaro n'en faisait pas mention, sans doute à cause de l'heure tardive de la diffusion de l'information.
Guillaume constata en rentrant chez lui que les deux agents étaient toujours en faction ce qui curieusement le rassura.

Vendredi 2 avril, 13 heures.

Il se remit à la rédaction de son livre sans se rendre compte de l'heure qui passait. Il sursauta en entendant un coup de sonnette impératif. Guillaume regarda sa montre : 14 heures déjà ! C'est mon flic, pense-t-il. Il se dirigea vers la porte avec lenteur, regarda par le judas et vit deux hommes déformés par l'optique. Avec prudence, il s'informa de leur identité et entendit :
« Commandant Laplace, monsieur d'Assas. »
Rassuré il ouvrit la porte. Le policier lui présenta son collègue :
« Inspecteur stagiaire Lebègue »
Le jeunot avait un air agressif. Guillaume ne lui tendit pas la main pensant qu'il prendrait peut-être ce geste de courtoisie pour une tentative de corruption ! Ils entrèrent. Lebègue semblait être sur la défensive.
Les présentations faites, le jeune fonctionnaire passa sans attendre à l'offensive :
« Où étiez-vous hier soir vers vingt-deux heures ? »
Questionna-t-il d'un air sournois. Guillaume se demanda la raison de cette agressivité, persuadé que ce curieux personnage aurait sûrement aimé utiliser des moyens coercitifs pour obtenir les réponses qu'il aurait souhaitées entendre. Laplace lui-même parut surpris de cette entrée en matière.

« Ici même, monsieur l'inspecteur stagiaire ! »
Vexé, Lebègue lui coupa la parole :
« Vous pouvez le prouver ? »
Guillaume sentit une sourde colère l'envahir mais pour ne pas devenir grossier il décida de ne plus s'adresser qu'à Laplace.
« Pour répondre à votre jeune collègue, sachez commandant ou mon commandant, je ne connais pas encore les nouveaux usages de votre profession, que j'ai dîné hier soir au restaurant Terra Nova. La patronne pourra en témoigner. D'autre part, je ne comprends pas que vous m'interrogiez sur ma soirée ; le crime de la boutique d'antiquités a été commis, si ma mémoire est bonne, aux environs de 16 heures… »
Avant que Guillaume ne termine sa phrase, Lebègue, toujours aussi agressif, lui coupa la parole :
« Ne fais pas le malin ! On vérifiera ton alibi ? »
Il ne manquait qu'une lampe braquée devant ses yeux ! La grossièreté, le tutoiement obligatoire dans ce genre de dialogue, finit par mettre Guillaume hors de lui.
« Je vous en prie, commandant, faites taire ce roquet avant que je ne l'expulse sur le palier ! »
Laplace toujours aussi calme mais énervé par l'attitude de son jeune collègue, demanda à Lebègue de lui laisser la parole.
« Un homme a été assassiné hier soir rue des Écoles. Nous avons été prévenus immédiatement par le commissariat central. Il était en train de vous téléphoner d'une cabine publique quand il a été abattu… »
« Vous n'avez pas aussi un viol à me mettre sur le dos ? Et un hold-up pour faire bonne mesure… »
« Mais il essayait de vous joindre ! Nous avons eu confirmation par France-Télécom. »
Guillaume n'avait pas oublié le coup de téléphone interrompu de la veille ni le gros homme qui l'avait poursuivi et attendu cette nuit sur le trottoir d'en face, mais pour ne pas perdre pied, il jugea plus prudent de ne pas en parler.

« Enfin, commandant, même pour faire plaisir au petit, dit Guillaume en regardant Lebègue, sachez que je suis trop paresseux pour une telle hécatombe et que je n'ai pas eu suffisamment de temps pour tuer tous mes correspondants téléphoniques, bien que pour certains, un tel carnage eut singulièrement calmé mes aigreurs ! De toute façon si ce monsieur a essayé de me téléphoner, comment m'y serais-je pris pour le trucider !

Le visage du stagiaire vire au rouge sang. Il s'apprêtait à contre-attaquer.

« Votre attitude… »

Laplace amusé sans le laisser paraître, lui coupa la parole et demanda :

« Connaissez-vous un certain Frantz Zimmerman ? »

« Le devrais-je ? »

« C'est l'homme qui a essayé de vous joindre hier soir au téléphone ! »

« Désolé ! C'est la première fois que j'en entends parler de ce type… C'est un Allemand, je suppose ? »

Laplace, changeant de sujet, lui demande à brûle-pourpoint :

« Que faisiez-vous hier après-midi au Louvre des Antiquaires ?

« Ce qu'on y fait généralement, je flânais. Je voulais me renseigner sur un Von Raysky… »

Ne pouvant se contrôler Lebègue aboya :

« Qui est ce type ? »

Guillaume commence à sentir monter en lui un fou rire qu'il parvient à contrôler.

« Tu n'es pas au courant ? C'est un de mes vieux potes de régiment »

« Son adresse… ?

« Un cimetière de Dresde, je présume. »

Ce dialogue commence à fatiguer sérieusement Guillaume.

« Ne te fous pas de moi… » Hurla le jeune flic.

Méprisant cette nouvelle injonction, Guillaume s'adressa à son supérieur :

« Avez-vous au moins l'identité de la jeune femme assassinée hier dans la boutique du Temps Jadis ? La presse ne la mentionne pas ».

« Odile Mauldre… »

Lebègue lui coupa la parole :

« C'était ta petite amie ?

Guillaume le regarda avec commisération.

« J'en ai tellement ! Comment les retenir toutes ! »

Julien Laplace arrêta cette nouvelle passe d'armes qui ne menait à rien, en coupant la parole du stagiaire.

« Je vous demanderai de bien vouloir passer demain au quai des Orfèvres pour signer votre déposition. Disons vers quinze heures. Je compte sur vous ! Si des détails vous revenaient, n'hésitez pas à me téléphoner. »

Il lui tendit sa carte. Sur ce, ils s'éclipsèrent, ce qui n'était pas pour déplaire à Guillaume.

L'inspecteur stagiaire Lebègue était décidément d'un caractère ombrageux, susceptible, à la limite de la paranoïa. Ancien enfant de l'Assistance publique, il avait dû surmonter bien des difficultés pour devenir policier. Doté d'une intelligence plus que moyenne, sa vocation lui était venue d'une lecture assidue de bandes dessinées et de romans policiers. Il rêvait de devenir un as du quai des Orfèvres et avait travaillé dur en tant que flic de commissariat pour passer les examens d'officier de police.

Le monde virtuel de ses rêves était peuplé d'une foule d'assassins en puissance. Guillaume d'Assas était l'archétype de ce qu'il détestait le plus ; son élégance, son humour ironique et féroce, son détachement du quotidien que Lebègue assimilait à du mépris, en faisaient un parfait coupable. Il décida de consacrer tout son temps libre à le prouver. Il trouvait le commandant Laplace bien mou sur ce dossier (il devait être du même monde !) et il était persuadé que s'il arrivait à dénicher des preuves de la culpabilité de ce d'Assas, ce serait une sacrée bonne note dans son dossier…

Guillaume commençait à perdre pied dans ce déferlement de faits divers. Lui, à qui il n'arrivait jamais rien, se voyait confronté à des soupçons invraisemblables dans une histoire de double meurtre. Un cauchemar, pensait-t-il… Mais il ne servait à rien d'ignorer la réalité.
Il devait réfléchir en attendant la suite des évènements qui ne tarderaient sûrement pas à survenir.
Il n'avait senti aucun esprit coopératif chez les policiers, surtout du jeunot. Il savait qu'il risquait bien des ennuis en tentant d'ignorer la réalité. Mais après tout, il n'avait rien demandé à personne ! Peut-être pourrait-il faire confiance à ce commandant Laplace. Et encore avec ses airs calmes…Mieux valait se méfier. Surtout faire attention au petit roquet…un malade ce type…incapable de se contrôler.
Sa curiosité restait malgré tout plus forte que son instinct de conservation. Il devait se rendre compte par lui-même…
Guillaume prit une feuille de papier et commença à écrire les différentes hypothèses qui lui venaient à l'esprit.
« Admettons que les deux affaires soient liées. Quel était donc le lien entre les deux victimes ? Odile Mauldre et Frantz Zimmerman se connaissaient-ils ? Se seraient-ils trouvés mêlés ou compromis dans la même affaire ? Peut-être ? Pourtant l'une est bien française et l'autre Allemand. Et alors ? Rien ne s'oppose, pense-t-il bizarrement, à ce qu'un lapon agnostique trucide un bantou musulman ! »
Cela ne menait à rien ; Odile se fait trucider vers 16 heures, Frantz vers 22 heures. Frantz essaie peut-être de me prévenir d'un danger inconnu mais il est abattu dans une cabine téléphonique. Était-il le gros homme qui m'a suivi depuis mon arrêt sous un porche de la rue de Rivoli ? Où était-ce l'assassin de la petite Mauldre ?
Il continuait de noter tout ce qui lui venait à l'esprit, espérant découvrir une certaine logique dans cet imbroglio absurde. Et pourtant le mode opératoire de ces deux meurtres n'était pas le même, les armes différentes. L'un des crimes était exécuté avec un

sang-froid extraordinaire et l'autre assez lâchement, de nuit dans une rue déserte. Le couteau et l'arme à feu… manifestement, il y a deux tueurs !
Était-ce pour le même mobile ?
Admettons alors qu'il s'agisse deux affaires différentes, sans rapport l'une avec l'autre ! Guillaume se dit qu'aucun calcul de pronostics ne lui donnerait raison ! Il y avait une possibilité sur cent mille pour qu'elles se déroulent dans la même journée et une sur un million pour qu'elles le concernent personnellement !
Guillaume raisonnait comme s'il élaborait la trame d'un de ses romans :
« Odile ne connaît pas Frantz. Devrais-je, pour autant, me soucier uniquement de Frantz qui voulait me parler et négliger le cas d'Odile ? Non. Je dois agir comme s'il avait deux tueurs ne se connaissant pas et deux affaires sans rapport l'une avec l'autre… Si ce n'est moi comme dénominateur commun. La seule stratégie possible était donc de mettre les deux clans en opposition frontale pour qu'ils s'autodétruisent. Comment ? On verra plus tard en fonction des circonstances ! S'ils sont de connivence, cela ne marchera pas ; s'ils ne se connaissent pas, ils pourront peut-être se détruire ! »
Sans plus de renseignements, ses réflexions ne le menaient nulle part. Toutes ces émotions avaient donné faim à Guillaume. Il regarda montre ; il était presque quatre heures et demie. Il se dirigea vers la cuisine sans grand espoir de faire bombance quand le téléphone se mit à sonner.

Vendredi 2 avril, 16 heures 30

Guillaume décrocha et entendit une voix féminine au léger accent allemand lui dire :
« Monsieur d'Assas, Carola Shutz à l'appareil. J'aimerai vous rencontrer pour vous entretenir d'une affaire confidentielle qu'il serait un peu long de vous expliquer au téléphone… »
« Je n'ai pas le plaisir de vous connaître chère madame et mon temps est précieux. Je n'ai besoin ni d'assurances ni de conseils pour de nouveaux placements financiers, encore moins d'aspirateurs… »
« Je n'ai rien à vous vendre cher monsieur. J'ai à vous parler d'un certain Frantz Zimmerman… Puis-je passer chez vous d'ici une demi-heure ? Je suis sûre que ce que j'ai à vous dire vous intéressera…
Guillaume réfléchit quelques secondes.
« D'accord, dit-il, mais je préfère un lieu public. Le café Nicot, par exemple, rue des Fossés Saint Jacques. C'est un café assez tranquille où nous pourrons bavarder tranquillement. A dix-sept heures, mais pas plus tard… »
« J'y serai… »

Guillaume ne s'attendait pas à une évolution aussi rapide.

« Qui était cette Carola Shutz ? Le comble serait qu'elle se fasse assassiner à l'intérieur du bistrot ! Je vois déjà la tête du petit Lebègue…Je me retrouverai vite fait dans un cachot de la Santé ou affublé d'une camisole de force à Sainte Anne ! »

Guillaume avait besoin de tuyaux pour peupler son théâtre d'ombres et ne pensait même plus aux risques qu'il courrait.
Le coup de fil de Carola Shutz ne lui avait pas coupé l'appétit ! Tout en dégustant une bière et croquant les quelques petits Lu rassis qu'il avait découverts par miracle dans un placard de la cuisine, il se dit qu'il serait peut-être instructif de faire un tour à Pont-Audemer pour en savoir plus sur la petite Odile.

Pourquoi ne pas proposer à Sophie une virée en Normandie ? Elle ne refuserait sûrement pas un week-end à la campagne. Le temps ne s'y prêtait pas trop, mais que ne ferait-elle pas pour une ballade en amoureux. Il l'appela et obtint un accord enthousiaste. Il ne lui avait pas dit qu'une certaine Odile Mauldre serait du voyage !

Madame Perrez balayait le hall d'entrée. En passant, il lui demanda si elle aurait la gentillesse de passer chez le traiteur du bout de la rue, pour lui acheter un dîner. Exceptionnellement il n'irait pas ce soir au restaurant. Il avait trop de travail.
« Un nouveau roman ? »
Demanda-t-elle avec gourmandise.
« C'est un secret… »
Répondit-il, en prenant un air mystérieux. Madame Perrez en fut toute émoustillée !
« Pour votre dîner, si vous aimez, je me suis fait ce soir un navarin d'agneau et quand il y en a pour un, il y en a pour deux ! Si vous arrivez tard, c'est encore meilleur réchauffé ; alors si ça vous tente ? »
Et que oui cela le tentait Guillaume ! Il avait déjà goûté à ses petits plats mitonnés dignes des meilleures brasseries du quartier !

Il sortit, bouscula par mégarde un des deux agents, s'excusa et se dirigea vers son rendez-vous.

Tout en marchant, Guillaume se demandait comment reconnaître cette madame Shutz. A elle de se débrouiller après tout !
Le café était presque vide. Quelques étudiants discutaient au comptoir. Il avait deux minutes d'avance. Il s'assit à sa place habituelle d'où il avait une vue stratégique sur tout le bistrot. Il avait à peine le temps de s'installer qu'une femme d'un certain âge entra et se dirigea directement vers lui. Elle semblait fatiguée et nerveuse.
« Vous êtes monsieur Guillaume d'Assas, n'est-ce pas ? Je suis Carola Shutz. Je vous ai parlé tout à l'heure au téléphone. »
Guillaume reconnut le léger accent allemand.
« Que puis-je pour vous ? » demanda-t-il avec réticence.
« J'ai à vous raconter une longue histoire à laquelle vous êtes indirectement mêlé ; sachez tout d'abord que je suis la sœur de Frantz Zimmerman. Vous avez dû lire dans les journaux qu'il a été assassiné cette nuit. Il essayait de vous téléphoner quand il a été abattu. C'est de lui que je tiens votre nom. Il m'a demandé de vous joindre s'il lui arrivait malheur... »
Elle ne semblait pas particulièrement affectée par la mort de son frère…
Guillaume lui coupa la parole.
« En arrivant dans ce café, sans l'ombre d'une hésitation, vous vous êtes dirigée vers moi. Comment m'avez-vous reconnu ? »
Elle sortit de son sac, une photo prise avec un puissant téléobjectif. Guillaume, attablé à la terrasse de la brasserie Les Fontaines était en train de boire un café ;
« Mais de quel droit vous permettez-vous de violer la vie privée des gens ? S'insurgea-t-il. Pour toute réponse, elle se tourna vers le garçon pour lui commander un double scotch, indifférente à sa question ;
« Vous prendrez quelque chose ? »
Lui demanda-t-elle

« Un café. Merci ! »
Guillaume n'aimait pas son regard et pour tout dire, pensait-t-il, elle n'était vraiment pas son type de femme ! Son regard surtout, désagréable et froid.
Et puis ce côté sûr d'elle qui ne laissait rien au hasard !
Elle alluma une cigarette, attendant que le garçon serve les consommations.

Ayant bu une première gorgée de whisky, elle prit son aspiration et se mit à parler :
« Ce que j'ai à vous dire commence il y a très longtemps… En 1942, mon frère Frantz, alors étudiant à l'école des Beaux-Arts de l'université de Francfort, a été incorporé malgré son jeune âge dans une unité combattante de l'armée allemande. Après une formation rapide, il fut envoyé en France. En octobre 1943, son unité était stationnée près de Caen. En décembre, Frantz fut grièvement blessé au cours d'une embuscade de la résistance. Hospitalisé à Rouen, il n'en sortit qu'en mars et obtint une permission de convalescence. Plutôt que de retourner à Stuttgart, trop souvent bombardé, il alla se reposer à Paris. Il y rencontra d'un certain Hantz Reinberger, membre de la Gestapo… Il faut vous dire que mon frère était un joueur presque maladif et que ses besoins d'argent le poussaient à faire n'importe quoi… Reinberger n'eut aucun mal à l'entraîner vers la délinquance. En France, à cette époque, les coups étaient faciles. Hantz, membre de la police politique allemande était au courant des rafles et des déportations qui suivaient. Grâce à ces renseignements, ils pénétraient dans des appartements vides et volaient des objets qu'ils négociaient avec des receleurs parisiens. »

Carola, assoiffée par ce long monologue, avala le reste de son whisky d'un trait, se retourna vers le serveur qui essayait d'écouter leur conversation en frottant d'un air distrait les tables voisines, et commanda un autre verre. Le café de Guillaume était froid. Le récit de cette femme l'intéressait mais il ne voyait pas où elle voulait en venir, ne se sentant en rien concerné.

« En juillet 1944, Frantz doit réintégrer son bataillon avec dans sa cantine, un objet très précieux. Il savait que s'il était pris, il serait sévèrement puni et sans doute envoyé sur le front Russe. A l'époque, monsieur d'Assas, en-dehors de la Gestapo et des régiments SS, l'armée allemande avait gardé un certain sens de l'honneur et de la discipline. Son unité était alors stationnée dans l'est de la France, dans un village proche de Bar le Duc… Vous commencez peut-être à vous sentir concerné, cher monsieur ? Rupt-aux-Nonnains, vous connaissez n'est-ce pas ? »

La famille d'Assas y possédait depuis plusieurs générations une maison de famille, la Garenne. Guillaume y concentrait tous ses souvenirs d'enfance. Il se souvenait effectivement que les troupes allemandes l'avaient occupée en 1945.
Carola, après une courte hésitation, reprit son monologue :
« Frantz ne pouvait garder dans sa cantine l'objet précieux qu'il convoyait depuis Paris. Il prévoyait que son régiment serait engagé sans cesse jusqu'à la défaite. Il n'était pas évident qu'il s'en sorte vivant mais dans le cas contraire, il pourrait peut-être un jour venir le récupérer après la guerre.
Il décida donc de le cacher dans la maison de vos parents. »
Guillaume avait à cette époque une dizaine d'années. Son père l'avait envoyé à Rupt en 1944, persuadé qu'il y serait, dans ce village perdu, à l'abri des bombardements.

Carola continuait sans se soucier des réactions de son interlocuteur.
« Frantz, quitta le front de l'Ouest et partit se battre en Pologne. Il eut la chance de survivre. Fait prisonnier par les Russes, il ne dut son salut qu'à son très jeune âge…dix-huit ans si ma mémoire est bonne…Il put rejoindre l'Allemagne de l'Ouest qu'en 1966, vingt ans après la fin de la guerre. »

Guillaume ne voyait toujours pas où cette femme voulait en venir... Il avait, depuis une quinzaine d'années, hérité de la maison de Rupt mais n'avait pas le souvenir d'une quelconque découverte d'un trésor inestimable !

Carola Shutz, un peu fatiguée par la longueur de son récit, se tut quelques instants. Elle reprit sa longue histoire d'une voix monocorde.
« Le hasard remit Frantz en contact avec Hans Reinberger qui avait malheureusement survécu à la guerre. Trois ans plus tard, ils étaient condamnés à quinze ans de prison pour avoir participé à un hold-up qui s'était soldé par la mort d'un convoyeur de fonds. Libéré en 1981, Frantz reprit le chemin des tripots, des champs de courses et des combats de boxe truqués. Il perdit à nouveau beaucoup d'argent ; il n'avait vraiment pas le sens du jeu… Et trichait mal. Il emprunta à son copain Hantz, fit quelques coups douteux mais se trouva un jour dans l'incapacité de rembourser ses dettes. Poursuivi par ses créanciers, il changea de région. Il s'installa à Oldenburg prés de Brème et tenta de se faire oublier. Reinberger finit par le retrouver. Il exigea le remboursement de sa dette qui s'élevait, intérêts compris à deux cent quarante mille Deutschemarks !

Frantz avait un mois pour payer, sinon, il serait exécuté… »
Carola finit son verre, hésita et commanda une bière ; Guillaume commençait à trouver le temps long. Il n'avait pas bu son café. En dehors du soi-disant trésor, il ne voyait pas ce qu'il venait faire dans cette longue histoire…

Il pensait à son navarin d'agneau qu'il arrosera peut-être d'un grave ou d'un médoc... Son indifférence devait être perceptible. Il entendit son interlocutrice dire
« Ne vous impatientez pas, monsieur d'Assas, j'arrive bientôt à la fin de mon récit … »
Guillaume lui coupa la parole :

« Pardonnez ma grossièreté, chère madame, mais je ne me sens pas concerné par cette lamentable histoire. Il n'y a jamais eu de trésor à Rupt. J'y ai suffisamment vécu pour en être sûr… »
Carola ne tint pas compte de cette interruption et continua imperturbable :
« Mon frère aux abois, n'avait plus d'autres solutions que de retrouver ce qu'il avait caché dans votre maison. Vous parliez d'un trésor, il y a quelques instants. Effectivement, l'objet caché par Frantz, peut s'estimer aujourd'hui à plus d'un million de marks, 600.000 euros si vous préférez ! Persuadé de le retrouver mais ne sachant pas comment le négocier, il a fait appel à moi. Pourquoi ? C'est mon métier, figurez-vous ! Je suis experte d'œuvres d'art auprès des tribunaux allemands et auprès de la Commission européenne de Bruxelles… » L'Allemande but une gorgée de bière et reprit :
« Frantz, que j'aimais beaucoup, était persuadé que mes relations me permettraient de le négocier au meilleur prix. Un objet ancien, autrefois renommé ... »
Guillaume l'interrompit une fois encore :
« Dans ce cas, je ne vois pas pourquoi votre Reinberger a abattu votre frère étant donné qu'il n'a toujours pas retrouvé sa poule aux œufs d'or… »
Carola s'agaça d'être interrompue. Son visage marqua un certain énervement.
« Mon frère a été trop bavard ! Il avait donné à Hantz suffisamment de précisions pour qu'il puisse se passer de lui. En particulier, il lui a stupidement dit que le meuble dans lequel était caché l'objet recherché n'était plus dans votre maison de Rutp. Il ne restait donc plus que votre appartement de la rue des Fossés Saint… »
« Autrement dit, vous m'annoncez que votre frère a cambriolé ma maison de Rupt et cela vous paraît normal !»
« Vous ne pouvez plus faire grand-chose… Il est mort. »
« La complicité, vous connaissez ? »
« Il faudrait encore le prouver, cher monsieur ! »

Guillaume, calme d'habitude, commençait à bouillir !
« Quel est exactement le but de votre démarche ? Vous avez cru m'attendrir en me racontant la triste histoire du pauvre soldat pris dans la tourmente de la guerre et dans le tourbillon de la délinquance. Vous voulez maintenant me faire participer à une course au trésor pour que je sois le complice de ce vol monstrueux qui s'est passé il y a soixante ans ! Si encore c'était dans le but louable de le restituer à ses anciens propriétaires, je m'inclinerais. Mais dans ce cas, je crois la police mieux équipée que moi pour participer à cette recherche ! Vous croyez que je suis à même de retrouver un objet dont j'ignore tout, caché dans un meuble inconnu que possédaient mes grands-parents et qui a peut-être été vendu depuis ! Pardonnez-moi, madame Shutz, mais vous délirez ainsi que votre méchant Reinberger ! »

L'Allemande n'apprécia pas du tout la colère de Guillaume. Ses yeux reflétèrent une rage à peine contenue. Dominant sa colère, elle reprit :
« C'est trop bête ! J'ai omis de vous préciser que l'objet recherché est un petit tableau peint sur bois datant du début de la Renaissance italienne. Je crois savoir qu'il mesure environ 40 centimètres sur soixante. Sachez, monsieur d'Assas que Reinberger est un homme dangereux. Il n'a pas hésité à faire la peau de mon frère et il est prêt à tout pour récupérer le tableau. A votre place, j'oublierais la police… »
La menace est précise. Guillaume décida de calmer le jeu.
« Je veux bien fouiller les meubles de mon appartement. Et si je trouve le tableau, j'en fais quoi ? »
« Vous me laissez un message sous enveloppe que vous remettrez au patron de ce bistrot. D'après ce que je sais, Frantz vous donne 24 heures ! N'oubliez jamais qu'il n'est vraiment pas patient ! »
Sur ce, elle se leva et sans dire au revoir, quitta Guillaume.

Vendredi 2 avril, 20 heures 10

Guillaume quitta le bistrot un peu inquiet. La menace de Carola était précise ; il devait retrouver le tableau d'ici demain, sinon Reinberger lui ferait la peau ! Mais le tuer ne lui donnerait pas le tableau pour autant ! Il ne fallait donc pas trop s'inquiéter !

Toutes ses émotions ne lui avaient pas pour autant coupé l'appétit. Les deux agents étaient toujours en faction sur le trottoir de son immeuble. Guillaume s'apprêtait à prendre l'ascenseur, quand il aperçut sa brave concierge sortir de sa loge et venir vers lui avec un air désolé.

« Elle a dû faire brûler son navarin, pensa-t-il avec regret ! »

« Vous avez failli être victime d'un cambriolage, monsieur d'Assas. Je montais chez vous pour vous porter votre dîner quand sortant de l'ascenseur, j'ai aperçu devant votre porte deux types qui essayaient de forcer la serrure. Je suis descendue immédiatement ; j'ai posé mon frichti dans la loge et suis partie à la recherche des agents qui gardent l'immeuble.

Ils se sont précipités, l'un par l'escalier et l'autre par l'ascenseur mais arrivés à votre étage, ils n'ont trouvé personne ! Se sachant découverts, ces bandits avaient fichu le camp ! La police a bien vu que je n'étais pas fada ! »

« Vous allez voir dans quel état, ils ont mis votre porte ! Elle est rayée de partout ! »
« Heureusement, qu'elle est blindée » lui dit Guillaume qui commençait à trouver toute cette histoire abracadabrante.
« C'est sûrement Zimmerman qui a essayé de voler le tableau, pendant que Carola me retenait au bistrot ! » pensa-t-il, tout en remerciant madame Perrez pour son navarin et s'excusant pour les soucis qu'il lui causait.
« Personne n'a vu sortir ces voleurs ? »
« Ils ont dû partir dans les étages, par le toit peut-être ! Les policiers sont allés voir mais n'ont trouvé personne ! »
« Avez-vous vu à quoi ils ressemblaient ? »
« Pas précisément...Je suis redescendue tout de suite prévenir les flics ! Mais j'ai quand même vu que l'un des deux avait un visage de chinois ou de japonais...allez savoir... Asiatique en tout cas ! »
« Asiatique ? Vous êtes sûre ? Pas le type allemand plutôt ? »
« Oh vous savez, les gens voyagent tellement maintenant ! »
La réponse de madame Perrez ne voulait absolument rien dire. Ce n'était qu'une simple politesse de sa part !
« Était-ce un nouveau fantasme de ma brave concierge ? Que viendrait faire un Asiatique dans cette histoire ? »
Guillaume était plus que perplexe ! De toute façon, il devait mettre tout ce fatras d'évènements en ordre avant d'agir. C'était bien beau mais comment ?
Arrivé à son étage, il constata les dégâts de peinture sur sa porte, manifestement faits avec un pied-de-biche ! Ce n'était donc pas un rêve ! A moins d'une heure, il venait de subir deux tentatives de cambriolage ! C'est beaucoup pour une seule soirée !
Il devait tout de suite appeler Marie Cantier pour avoir plus de nouvelles.
Paul et Marie Cantier étaient les voisins de Guillaume à Rupt. Paul entretenait le jardin, surveillait, nettoyait les rives de la Saulx qui longe la propriété ; Marie faisait le ménage et la cuisine quand Guillaume y était. Ils avaient connu toute sa famille depuis deux

générations et avaient une véritable adoration pour le dernier descendant.
« Allo, Marie ? C'est Guillaume à l'appareil ! Comment ça va chez vous ? »
« Ah c'est vous monsieur Guillaume ! J'allais justement vous appeler. Figurez-vous que ce matin, comme tous les vendredis, je suis passée à la Garenne pour faire le ménage. J'ai constaté que la porte de la cuisine avait été forcée et qu'il y avait un drôle de désordre un peu partout dans la maison. Des meubles ont été déplacés, les tiroirs retournés, les armoires fouillées. Apparemment, il ne manque rien et il n'y a pas de casse ! C'est sûrement des petits voyous de Saint-Dizier ! Allez savoir ? Paul a prévenu la gendarmerie. Ils ont dit que vous devriez passer pour signer le constat et éventuellement porter plainte. »
« Paul pourrait peut-être réparer la porte de la cuisine ? »
« Pensez bien que s'est déjà fait, monsieur Guillaume ! On ne va pas laisser la maison ouverte à tous les vents ! Avec les temps qui courent, c'est plus prudent ! Alors vous venez quand ? »
« Sans doute la semaine prochaine et encore merci pour tout ! »

Guillaume venait à peine de raccrocher que le téléphone se mit à sonner.
« Monsieur d'Assas, si vous ne voulez pas de gros ennuis, rendez-moi le paquet que vous avez pris hier chez l'antiquaire. Si vous prévenez les flics, vous êtes mort ! »
La voix était rauque, presque susurrée et sûrement masquée.
« Qui êtes-vous… ? »
La communication était coupée.
Guillaume n'y comprenait plus rien. Il y avait bien deux affaires qui se télescopaient…Mais quel paquet ? Il se souvient alors avoir ouvert une commode lorsqu'il attendait dans le magasin du Louvre des Antiquaires.
Brusquement il eut froid dans le dos. Le tueur était donc dans la boutique en même temps que lui, sans doute caché derrière un

meuble ou derrière le paravent qui occupait le fond du décor. Il avait dû s'enfuir quand il était parti téléphoner !
L'appartement embaumait le navarin qui réchauffait doucement dans la cuisine. Pour oublier, ne fut-ce que quelques instants, le danger et l'étrangeté de la situation nouvelle qu'il était en train de vivre, Guillaume décida d'ouvrir pour son dîner une bouteille de Saint-Emilion. Il pensait ainsi pouvoir oublier quelques instants le stress qui commençait à l'envahir.
« Encore une que les Allemands n'auront pas…ni les Chinois d'ailleurs ! »
Il devait faire le tri des évènements qui s'étaient déroulés depuis hier.
« D'abord se renseigner sur Zimmermann, Carola et consorts. »
Il prit alors son carnet d'adresses, le feuilleta et trouva sans le vouloir le nom d'un vieil ami de fac, Gérard Gilou. Ils se connaissaient depuis Normale Sup. Ils partageaient autrefois la même passion pour le chant choral. Pendant des années, de Saint Eustache à Saint Séverin sans oublier Saint Sulpice, ils avaient uni leurs voix en célébrant les requiem, cantates et oratorios de Jean Sébastien, Wolfgang, Antonio et consorts. Gérard avait quitté l'enseignement pour le journalisme et rédigeait maintenant des articles d'art et d'histoire pour différents quotidiens et magazines. Il connaissait beaucoup de monde dans les milieux de la presse et de la télévision.
Guillaume avait la certitude qu'il pouvait l'orienter et le renseigner sur les vols des œuvres d'art pendant la dernière guerre.
Le téléphone de Gérard était occupé. Il pensa à sa femme Françoise qui était une bavarde impénitente, adorant raconter à la terre entière les moindres détails de son existence !
Arrivé à la lettre L de son carnet d'adresses, il y découvrit le nom de Brigitte Langlois. Il se souvint qu'elle travaillait comme attachée culturelle à l'ambassade de Bonn se rappela-t-il. Il l'avait rencontrée au cours d'un voyage à Florence. Cohabitant dans le même hôtel, ils s'étaient découvert une passion commune pour la

renaissance Italienne et en fin de séjour une attirance réciproque qui déborda nettement leur passion culturelle.
« Trop tard pour l'appeler à son bureau. Elle était peut-être chez elle. 19…49… »
Il recomposa le numéro et finit par l'obtenir…
Brigitte eut l'air étonnée mais ravie de l'entendre.
« Guillaume chéri, quel plaisir trop rare de t'entendre. Soit tu deviens romantique, soit tu as un service à me demander ? »

En quelques phrases, Guillaume lui résuma son entretien avec Carola. Il évita de lui parler de la deuxième affaire pour ne pas l'embrouiller. Brigitte resta quelques instants silencieuse puis lui demanda ce qu'elle pouvait faire pour l'aider :
« J'aimerai que tu te tuyautes auprès de tes amis policiers ou journalistes sur le trio infernal, Frantz, Hantz et Carola. Les deux hommes sont certainement fichés puisqu'ils ont fait de la prison, quant à la femme peux-tu vérifier qu'elle travaille effectivement à la Commission Européenne ? »
Brigitte eut beaucoup de mal à voir Guillaume dans la peau d'un personnage de ses romans policiers. Elle ne le sentait pas armé pour résister à de telles crapules et lui conseilla la plus extrême prudence.
« Vous avez bien une police en France… ? »
« Oui, deux flics sont venus me voir cette après-midi, un grand type assez sympa et un jeune con qui se croyait encore sous la Gestapo… Pardonnes moi, je voulais dire de la Stasi… »
Brigitte se mit à rire…
« Ne t'excuse pas. Je comprends très bien ce que tu veux dire. Viens donc passer quelques jours à Bonn. Tes truands ne penseront sûrement pas à venir te chercher en Allemagne ! »
« Je vais essayer de me débrouiller seul. Mais je t'en prie rappelle-moi demain si tu as des tuyaux. Je te revaudrai ça… comme tu le souhaites ».

Pour faire diversion, il lui parla de son dernier roman et ils finirent par se promettre de tromper ensemble dès que possible leurs petits ou petites amies du moment.
Guillaume essaya une fois encore de téléphoner à Gérard. Toujours occupé... Au troisième appel, il eut enfin Gérard en ligne. Il lui résuma les deux affaires qui le préoccupaient depuis mercredi, le plus précisément possible.
« Tu comprends que je sois un peu débordé par cette accumulation de faits divers. J'aimerai que tu essaies de te tuyauter entre autres sur la disparition d'un primitif italien de grande valeur, appartenant à une famille juive qui a disparue en 1944. Il doit bien y avoir des listes ou des écrits. De mon côté je vais fouiller mes armoires, commodes et autres secrétaires à Paris et à Rupt… Peux-tu, d'autre part, te tuyauter auprès de tes amis pour en savoir plus sur Carola Shutz et consorts. »
Gérard le mit en garde. Il devait tout raconter à la police dès demain matin ! Guillaume savait que ses amis avaient raison mais voulait garder pour lui une partie de l'aventure, par orgueil ou par jeu peut-être, sûrement par curiosité !

Samedi 3 avril, Huit heures du matin

Guillaume se réveilla en forme mais avec au fond de lui un sentiment d'inquiétude. Pour se remettre d'une nuit pleine de rêves compliqués, il se décida pour un petit footing.
Il prit une douche, s'habilla en vitesse d'un jogging, sortit, croisa les deux agents qui gardaient l'immeuble, les salua fort poliment et prit la direction des jardins du Luxembourg. Tout en courant, il passa devant le Panthéon, descendit sans forcer l'allure la rue Soufflot, saluant au passage sa brasserie préférée. Méfiant, depuis ses aventures de la veille, il surveillait ses arrières et s'aperçut qu'il était suivi par une voiture qui roulait à faible allure. Sans hésiter, il accéléra, tourna à droite rue Saint Jacques qui est en sens interdit. D'un coup d'œil, il vit la voiture se garer en double file et Lebègue en sortir comme un pantin s'éjectant de sa boîte. Trop vite, sûrement, car il se prit les pieds sur le rebord du trottoir et s'étala de tout son long. Méchamment, Guillaume rigola. Rien que pour cet incident, il ne regrettait pas sa balade matinale. Il força un peu l'allure et finit sa course à la brasserie Les Fontaines devant un grand crème et un panier de croissants.

Le journal ne mentionnait même pas en troisième page les crimes de mercredi. Ce serait du réchauffé, pensa-t-il… Puis levant la tête, il aperçut Lebègue qui rejoignait sa voiture en boitant. Il vit aussi avec jubilation une contractuelle en train de verbaliser cette double file inadmissible. Le jeune inspecteur, fou de rage, brandissait sa carte. Trop tard, la contravention était inscrite et Lebègue devra se décarcasser pour la faire sauter.

Retour au bercail, salutations avec madame Perrez, re-douche et sonnerie du téléphone… Les vacances étaient finies. L'aventure reprenait sa marche inexorable…
« Je te donne jusqu'à midi pour rendre le paquet. Sinon… »
Guillaume lui coupa la parole :
« Arrête de me casser les pieds…connard. Je ne vois pas comment je pourrais te donner une chose dont j'ignore tout, à toi que je n'ai jamais vu et dans un endroit que je ne veux même pas connaître… »
Sans attendre une réponse Guillaume raccrocha, persuadé que le type allait le rappeler. Il attendit cinq minutes. Il ne se passa rien.

Sa chronique de faits divers était tellement chargée que Guillaume en oubliait presque la pauvre Odile dans son fauteuil Louis XIII.
Il téléphona à Sophie pour lui dire d'être prête demain matin à neuf heures ou devenir le rejoindre ce soir rue des Fossés Saint-Jacques. Elle n'était ni chez elle, ni à son bureau. Il lui laissa donc un message sur son répondeur.
Guillaume appela ensuite le garage pour demander de faire le plein d'essence et vérifier les niveaux d'huile et d'eau de sa voiture. Il s'en servait si peu souvent qu'il devait prendre cette précaution pour ne pas tomber en panne entre Paris et la Normandie.

Samedi 3 avril, 10 heures

Guillaume entendit dans la pièce voisine le bruit assourdissant d'un aspirateur qui couvrait presque la sonnerie du téléphone. C'est Angélina, la femme de ménage qui bruyamment traquait la moindre trace de poussière. Il se précipita dans sa chambre et décrocha, persuadé d'avoir en ligne le cinglé qui voulait à tout prix récupérer un paquet…
Non c'est son copain Gérard qui a déjà obtenu quelques renseignements, grâce à ses relations auprès de la rédaction du Parisien et à un vieil ami qui travaillait aux Renseignements Généraux.

« Tout d'abord quelques tuyaux sur la pauvre Odile. A coup sûr c'était une fille bien. On ne peut pas en dire autant sur la dénommée Shutz dont je te parlerai après ! Odile Mauldre est née à Pont-Audemer en juillet 1967. Fille de divorcés, elle a été élevée par ses grands-parents. Parcours sans histoire, plutôt brillante au point de vue études. Elève en Khâgne à Louis le Grand, elle intègre l'école des Langues Orientales en 1988 dont elle sort diplômée en 1991. On perd sa trace en 92. Elle réapparaît en 1994, gérante du magasin d'antiquités où tu as eu la malchance de la découvrir. Un parcours apparemment normal, si ce n'est ces deux ans d'absence qui ont sûrement une explication…

« Quant à Carola Shutz, c'est bien différent. Je n'ai trouvé dans aucun annuaire son nom sur la liste des experts auprès des tribunaux allemands. Elle est inconnue à Bruxelles à la Communauté Européenne ! J'ai demandé à un ami allemand, commissaire de police à Berlin de se renseigner. Si elle ne navigue pas sous un faux nom, il m'en dira plus dans la journée. Pour les deux lascars qui l'accompagnent, j'en saurai plus en fin d'après-midi.
Pour le tableau volé cela va demander du bouleau…Il y en a eu tellement !
Guillaume siffla doucement.
« Fabuleux mon vieux ! Tu as vraiment des relations partout ! Bravo et encore merci. Demain, je vais faire un tour à Pont-Audemer pour mieux comprendre le rôle d'Odile dans toute cette histoire. Je te rappelle en rentrant à moins que tu ne téléphones d'ici ce soir. »
A peine le téléphone raccroché qu'il se remit à sonner. Il avait Brigitte en ligne.
« Amour de ma vie, tu t'es fait pigeonner par Carola ! Ce n'est pas la sœur de Frantz mais la maîtresse de Hantz. A mon avis cette garce t'a raconté tous ses boniments pour que tu leur serves de chien de chasse. Comme Frantz n'a rien trouvé à Rupt, que ton immeuble est gardé, ils mettent la pression pour que tu fasses le bouleau à leur place et que tu leur amènes sur un plateau ! J'ai l'impression, mon petit chéri, que tu t'es fourré dans un sacré nid de vipères ! Pour tous ses renseignements, le tribunal te condamne à passer huit jours en Allemagne l'été prochain, sans possibilité d'appel ! »

Guillaume entendait le bruit de l'aspirateur se rapprocher. Il devait fuir mais avant de partir, il téléphona à l'hôtel pour réserver une chambre pour le lendemain soir. Va pour le Petit Coq aux

Champs. Il le connaissait pour y avoir dorloté quelques petites amies et en gardait de biens agréables souvenirs.
- Pourvu pensa-t-il que la patronne de l'hôtel m'ait oublié ou du moins qu'elle ait la discrétion de ne pas me reconnaître…-
Guillaume se souvint alors qu'il avait rendez-vous au quai des Orfèvres à quinze heures et prévoyait qu'il n'en sortirait sûrement pas avant 17 ou 18 heures. Autant y aller l'estomac plein, pensa-t-il, pour peu que la police fasse de lui le coupable idéal et qu'elle l'enferme dans un cul de basse fosse !

Madame Perrez qu'il croisa dans le hall d'entrée, lui promit d'être vigilante et de surveiller les allées et venues dans l'immeuble. Guillaume n'imaginait pas une nouvelle incursion des malfrats mais il ne faut jamais décourager les bonnes volontés. Il la remercia tout en se disant qu'à la Saint Sylvestre, il devra se montrer plus généreux que d'habitude…

Samedi, midi trente

Arrivé boulevard Saint Michel, il entra dans la librairie Gibert, traîna de rayons en rayons, feuilleta quelques bouquins et trouva par hasard un "Guide bleu"' de Normandie qu'il acheta en prévision de sa journée du lendemain.
Après avoir avalé un steak dur et des frites molles dans un bistrot plein d'étudiants, Guillaume se dirigea sans se presser vers le quai des Orfèvres. Pour une fois il sera à l'heure.
Mais il commença par se tromper d'entrée malgré les explications assidues du planton, ne trouva pas l'ascenseur, le trouva enfin, loupa le bon étage, chercha sans succès la bonne porte et finit en désespoir de cause par demander son chemin à un agent qui ne comprit pas comment il avait réussi à pénétrer dans un lieu strictement interdit au public. Après cette errance dans ce monde kafkaïen, son guide bleu sous le bras, tel un bon touriste Guillaume trouva enfin le bon étage, la bonne porte et le bon service !

Forcément, il était en retard d'un bon quart d'heure et s'attendait à un accueil désagréable. Mais non, personne ne sembla lui en tenir rigueur. Une femme en uniforme, lui demanda de patienter. Elle allait prévenir le commandant Laplace… Qui fit son

apparition vingt minutes plus tard. De couloirs en couloirs, ils traversèrent quelques pièces aux murs vitrés, puis une salle où il aperçut Lebègue assis derrière un bureau qui le foudroya du regard. Comme ce petit con aurait aimé travailler avec Bonny et Lafond pendant la guerre, pensa Guillaume. Ah une bonne baignoire… Laplace le sortit de sa rêverie.
« Lebègue va rédiger le procès-verbal de votre témoignage d'hier » Lui dit-il.
Guillaume s'assit en face du petit nerveux :
« Vos noms, prénoms et qualités »
Aboya le jeune flic conscient de sa puissance. Guillaume déclina ses trois prénoms (dont celui de Démosthène qu'il tenait de son grand père et posa un problème d'orthographe à Lebègue), et conclut qu'il n'avait aucune qualité particulière.
« Votre adresse, votre métier, vos antécédents, avez-vous des enfants, êtes-vous à la Sécurité Sociale ?» Guillaume refusa de donner son adresse puisque son interlocuteur y était venu la veille ! Quant aux enfants, il n'en connaissait pas mais sait-on jamais…
Mauvais départ pour une conversation détendue ! Lebègue approchait de la crise de nerf. Guillaume qui voulait en terminer au plus vite, finit par se montrer plus coopératif. Tout fut résumé, frappé laborieusement sur un ordinateur qui semblait sorti d'un musée et signé avec un stylobille baveux.
Guillaume que ses formalités ennuyaient, décida pour détendre l'atmosphère de dire à voix haute :
« Comme c'est bizarre ! »
Avec délice, il entendit Lebègue lui répondre :
« Vous avez dit bizarre ? »
Et bien sûr, Guillaume de lui répondre : « Comme c'est bizarre ! »
Un fou rire le prit au niveau du sternum, lui secoua l'épigastre et remonta jusqu'à la gorge. Voulant se contrôler, Guillaume s'étouffait de rire. Lebègue qui n'avait rien compris, se méprit, pensa à un malaise soudain, imagina une crise cardiaque et se vit déjà répondre d'une bavure…

Guillaume domina son hilarité en voyant Laplace se diriger vers eux. Lebègue se sentit frustré de n'avoir rien obtenu qui renforcerait la culpabilité de d'Assas. Il ne pût s'empêcher de lui dire, l'air soupçonneux :
« Vous n'avez rien d'autre à déclarer ? » sur le ton de « vous feriez bien de passer aux aveux ! »
« Non, rien, monsieur le stagiaire ! » lui répondit Guillaume avec un sourire sadique.
Dans son dos, il entendit Laplace lui demander de le suivre dans son bureau. C'était une petite pièce meublée d'une table et de trois fauteuils. Au mur était punaisée une affiche éditée pour une unique représentation de Tosca à l'opéra Garnier avec Mirella Freni dans le rôle de Tosca et Pavarotti dans celui de Cavaradossi. L'orchestre était dirigé par Nicola Rescigno. Une merveille se dit Guillaume qui n'avait pas eu la chance d'y assister.
Que lui voulait Laplace ? Guillaume qui savait que la meilleure défense était l'attaque dit sans préambules :
« Commandant, depuis hier vous me faite suivre par votre jeune stagiaire. Si c'est pour me protéger, votre intention est louable mais je doute fort que votre chien de chasse me soit d'une grande utilité… »
Laplace qui n'avait rien demandé à Lebègue, s'étonna et le fit venir dans son bureau mais ne voulant pas le mettre en porte à faux, ne lui demanda rien, réservant ses questions pour plus tard. Guillaume, qui commençait à trouver le temps long, déclara en regardant Lebègue :
« Plutôt que de me suivre, vous feriez mieux de protéger mon domicile. Le commissariat du cinquième arrondissement vous confirmera que j'ai été hier soir victime d'une tentative de cambriolage qui n'a pas réussi grâce à un prince Saoudien… »
Les deux policiers n'y comprenaient plus rien ou plutôt se demandèrent si d'Assas n'était pas en train de devenir fou !
Guillaume s'expliqua pour ne pas terminer son après-midi à Sainte Anne.

« Mon immeuble abrite depuis hier un membre de la famille royale Saoudienne. Le préfet de police le fait protéger jour et nuit ! Ça m'arrange, figurez-vous, d'autant plus que je suis harcelé au téléphone par un cinglé qui veut que je lui rende un paquet que j'aurais soi-disant subtilisé au Louvre des Antiquaires... »
« Mais vous ne m'avez rien dit de tout ça dans votre déclaration… hoqueta Lebègue. »
« Mais vous ne m'avez rien demandé… » Lui répondit Guillaume avec hauteur.
Lebègue était sur le point d'avoir une syncope. Lafond pensa qu'il fallait calmer le jeu et demanda au jeune policier de sortir.
« Vous nous cachez encore beaucoup de choses ? »
Guillaume ne répondit pas mais lui dit :
« Vous ne trouvez pas que cette histoire tourne au cauchemar ? »
Et en souriant, il ajouta :
« En cette heure où tout m'accable, pourquoi Seigneur, ah, pourquoi me récompenser ainsi ? » parodiant ainsi la complainte de Tosca devant Scarpia à la fin du deuxième acte de l'opéra de Puccini.
Laplace le regarda alors d'un œil différent et presque reconnaissant et répliqua en souriant :
« Allons, chevalier réfléchissez. Votre entêtement n'est pas sage… »
Et Guillaume de conclure :
« Des aveux rapides vous éviteront bien des angoisses. Je vous le conseille : avouez ! »
Tous les deux se mirent à rire, mais à nouveau sérieux, Laplace revint à son enquête :
« Monsieur d'Assas, il y a trop de zones d'ombre dans toute cette histoire. Vous nous cachez une partie de la vérité. Dans quel but ? C'est à vos risques et périls car j'ai l'impression que vous avez déclenché sans le vouloir une affaire dangereuse. Vous venez de rentrer dans un monde qui n'est pas le vôtre… Et si vos romans policiers se terminent toujours bien pour le héros c'est rarement le cas dans les affaires criminelles suivies par nos services ! »

Guillaume voulait bien coopérer mais…la porte s'ouvrit laissant apparaître une tête chauve et joviale, celle du commissaire divisionnaire Lehu :
« Laplace, vous et votre équipe soyez à cinq heures dans la salle de réunion. Il faut mettre au point… Mais qu'aperçois-je ? Ce vieux Guillaume. Que fais-tu ici vieille crapule ? »
Etienne Lehu semblait ravi de cette rencontre au grand étonnement de Laplace. « Ne vous inquiétez pas commandant, Guillaume d'Assas est une vieille connaissance. » Puis s'adressant à Guillaume lui dit :
« Dès que tu auras fini, fais donc un tour par mon bureau un étage plus haut. Depuis le temps qu'on ne s'est vu, on a sûrement des tas de choses à se dire… »
Laplace n'en revenait pas. Il s'imaginait déjà la tête de Lebègue voyant Lehu et Laplace, bras de dessus, bras dessous, se baladant dans les couloirs de la PJ !
Il ne pouvait évidemment pas savoir que leur amitié était très ancienne. Elle datait d'une trentaine d'années quand ils étaient tous les deux en première année de fac de droit. Guillaume, inscrit pour faire plaisir à son grand-père, ancien magistrat, n'y était resté qu'un an, quittant la rue d'Assas pour la Sorbonne. Après quoi, ils s'étaient revus souvent mais leurs vies tellement différentes les avaient finalement éloignés l'un de l'autre depuis plusieurs années.
Quittant Laplace, Guillaume partit à la recherche du bureau de son ami. A nouveau, il s'égara mais à l'énoncé du nom du commissaire Lehu, il se fit accompagner vers la bonne porte, avec considération, par un agent en uniforme.
« Mon vieux Guillaume, je ne te savais pas amateur de poulet… » Lui dit Etienne en préambule.
« Si ma mémoire est bonne la dernière fois que je t'ai vu, tu avais été coincé dans une manif d'étudiant du côté du boulevard Saint Germain ! Parlons tout d'abord sérieusement ! Comment connaissais-tu Zimmerman et que viens-tu faire dans le meurtre d'Odile Mauldre ? »
Guillaume, avant de répondre, attendait la suite.

« Tu sembles t'engluer dans deux sales affaires et si tu persistes à te taire pour pouvoir alimenter tes romans, tu risques de ne pas en connaître la fin ! »
Guillaume tenta de lui donner un semblant d'explication. Il lui dit qu'en moins de vingt-quatre heures, il avait été menacé deux fois de mort, qu'il devait rendre à des allemands un tableau qu'il n'avait jamais vu et à un asiatique un paquet dont il ignorait tout !
« J'ai cru pendant un court instant à un canular de potache mais ayant entendu ou vu les différents protagonistes de ces sordides affaires, je dois conclure que je vis un cauchemar ! »
Il résuma alors le plus précisément possible les évènements qu'il venait de vivre. Que pouvait-il faire d'autre ?
« Je vais te mettre sous protection… »
« N'envoie pas Lebègue surtout. Pour lui, je suis Pierrot le Fou ! »
Comme s'ils ne s'étaient pas quittés pendant des années, ils évoquèrent de vieux souvenirs
« Tout de même mon vieux Guillaume, tu n'as jamais beaucoup aimé les forces de l'ordre ! »
« Arrête de me prendre pour un punk au crâne rasé. A cause de toi et de tes sbires, j'ai passé le beau mois de mai 68 à pleurer comme un crocodile à cause des grenades lacrymogènes que tu as eu la malveillance de me faire respirer ! J'admire la police à condition qu'elle me protège…ce qui n'est pas le cas aujourd'hui ! »
Etienne interrompit sa diatribe en lui faisant remarquer qu'être mêlé à deux meurtres dans la même journée relevait plus du mauvais esprit que de la malchance !
Pardonne-moi pour cet insupportable désordre mais encore deux ou trois assassinats et je serais sûrement plus à l'aise ! » Lui répondit Guillaume.
Etienne adorait depuis toujours ces discutions paradoxales !
Et Guillaume de conclure :
« Je te pardonne bien volontiers d'être la loi si tu n'en profites pas pour me cogner dessus à coups de matraque ! »

Voyant qu'il était presque cinq heures, Guillaume pensant au coup de téléphone de Gérard, prit congé.
L'accompagnant à la porte Etienne lui dit :
« Gardes toi bien mon vieux Guillaume. En cas d'urgence, n'hésite pas à m'appeler. N'oublie pas, à chacun son travail. Reste du bon côté du miroir. Envoie Zimmerman et consorts aux enfers ! A bientôt ami ! Que Dieu te garde ! »
Quelques instants après son départ, Etienne s'aperçut que Guillaume avait oublié un guide bleu de Normandie sur son bureau. Inquiet, il pensa tout de suite à Pont-Audemer et à la petite Mauldre

Samedi 3 avril, 17 heures dix

Guillaume se disait en sortant du quai des Orfèvres qu'Etienne aurait pu faire bon avocat. Il le savait chrétien engagé, considérant son travail de policier comme une mission divine. Il avait entendu dire par des amis communs que sa hiérarchie lui reprochait une trop grande indépendance d'esprit et un sens critique qui n'épargnait personne. Cela aurait pu lui nuire s'il n'avait obtenu durant sa carrière de brillants résultats.
Etienne était réputé pour son jugement très sûr, craint pour ses coups de gueule mais adoré par ses équipes pour son sens de la justice et son courage physique.
Guillaume quitta donc les bureaux de la police aux environs de cinq heures. Il faisait beau et frais à cause d'un petit vent du nord. N'étant pas bien loin de la rue des Fossés Saint Jacques, il décida de rentrer à pieds pour oublier les couloirs poussiéreux de la PJ.
Arrivé à la hauteur de la rue Cujas, Guillaume sentit derrière lui une présence qui le serrait de près. Il ressentit un choc brutal dans le dos et entendit une voix cassée lui dire :
« Continues à marcher sans te retourner. Je suis armé et t'abattrai sans hésiter si tu tentes quoique ce soit. On va aller gentiment chez toi et tu me remettras le paquet que t'as piqué chez l'antiquaire… »

Guillaume alla jusqu'à regretter que le petit Lebègue ne soit pas avec lui… Il lui dit tout ce qui lui passait par la tête pour gagner du temps.
« Si tu tiens à récupérer ton paquet, faut que tu te calmes ! Les flics me surveillent de près depuis hier… J'ai laissé mes empreintes sur la commode de la boutique et comme je suis fiché, ils n'ont pas eu de mal à me retrouver… Deux mecs de la PJ sont venus me voire hier. Les flics ont mis mon téléphone sur écoute. Donne-moi jusqu'à la fin de la semaine prochaine. Le paquet n'est plus chez moi… De toute façon, je sais que ce foutu paquet intéresse d'autres mecs. Ce sera au plus offrant ! »
Guillaume essayait d'apercevoir le visage du type qui le serrait des près. Il n'eut le temps que de voir un visage de teint bronzé aux yeux bridés. L'arme qu'il sentait dans son dos, s'enfonça brutalement entre ses cotes, lui faisant mal.
« Tu veux rigoler. On va aller gentiment chez toi et tu me remettras le paquet… Après on verra ! »
« Le paquet n'y est plus… En plus, tu n'es pas le seul… Je te l'ai déjà dit ! »
« Qui sont-ils ? »
Je n'en sais rien… Ils n'arrêtent pas de me téléphoner ! »
Ils arrivaient au bout de la rue des Fossés Saint Jacques. Les deux agents qui gardaient l'immeuble étaient toujours en faction. Guillaume sentit son agresseur hésiter. « A qui t'as parlé du paquet ? »
« A personne mais je sais que la petite Mauldre n'était pas seule dans le coup… »
« Tu bluffes ! »
« A toi de voir… »
« De toute façon, si ce n'est pas maintenant, ce sera demain… Si tu fais la moindre entourloupe, je te ferai regretter d'être né… »
« Encore un minable qui s'imagine qu'un pistolet est plus intelligent qu'un cerveau » se dit Guillaume qui se retrouva seul sur le trottoir.

Il se retourna et aperçut de dos son agresseur. Guillaume avait les jambes molles et le cœur qui battait à cent pulsations minute.
Madame Perrez le voyant passer dans le hall de l'immeuble, se précipita à sa rencontre toute souriante :
« Les gangsters sont restés dans leurs terriers aujourd'hui…
- Quelle drôle d'expression pensa Guillaume. Il aurait plutôt dit repaire mais madame Perrez prenait souvent fois un mot pour un autre ce qui donnait alors une étrange tournure à sa conversation ! Malheureusement tous n'étaient pas dans leur terrier mais Guillaume se tut pour ne pas l'affoler !
Sortant de l'ascenseur, il entendit son téléphone sonner. Le temps d'ouvrir, son correspondant avait déjà raccroché.
Tant d'émotions en si peu de temps lui avaient donné soif. Il lui restait heureusement quelques bouteilles de bière au réfrigérateur. Mais avant qu'il ne trouve un verre, on sonna à la porte d'entrée. C'est Sophie, une valise à la main en avance sur l'horaire prévu contrairement à son habitude.
Quelques minutes après, Brigitte l'appela d'Allemagne. La situation devenait délicate pour Guillaume qui sous prétexte de retrouver un dossier, alla prendre la communication dans sa chambre.
« Sers-toi un verre de ce que tu veux ma chérie et prépare-moi une bière. J'en ai pour quelques minutes. »
Il fila au bout de l'appartement.
Sans préambule, Brigitte alla droit au fait :
« Tu as déniché un drôle de trio d'oiseaux ! Zimmerman, Shutz et Reinberger sont recherchés par la police allemande pour une escroquerie à l'assurance qui s'est soldée par un meurtre. L'histoire de Carola tient debout, si ce n'est qu'elle n'est pas la sœur de Zimmerman mais la maîtresse de Reinberger. Quant à l'action des deux hommes pendant la guerre, je n'ai pas eu le temps de trouver confirmation mais je crois d'après une information venant d'un ami que Reinberger faisait partie de la Gestapo. Affaire à suivre avec la plus extrême prudence mon

chéri. N'oublie pas que tu es condamné à venir en Allemagne cet été… »
Sophie frappa à la porte…La situation devenait délicate…
« Tu en mets du temps pour trouver un dossier… »
« J'attends encore une communication et je suis tout à toi ! »
« Complètement ? » lui dit-elle avec une mimique gourmande.
Le téléphone sonna à nouveau.
C'était Carola Shutz.
« Vous avez commencé vos recherches, monsieur d'Assas ? Reinberger s'impatiente… Il doit repartir prochainement pour l'Allemagne et de toute façon se sera avec le tableau… »
« Je fais ce que je peux et cessez de me harceler sinon… »
« Ne soyez pas menaçant. Pour vous ce tableau n'a aucune valeur contrairement à certaines personnes qui vous entourent… »
« Soyez plus précise… »
La communication était coupée.

Samedi 3 avril à 23 heures

Guillaume avait du mal à s'endormir. Il entendait la respiration régulière de Sophie. Il tournait dans sa tête la menace de Carola Shutz. En parler à Etienne Lehu… Pourquoi pas ? Mais que pouvait-il faire ? Protéger tous ses amis ? Impossible ! Les faire suivre par une multitude de Lebègue prêts à tirer sur tout ce qui bouge au risque de louper les truands et de tuer les honnêtes gens ! Le mieux serait de faire arrêter le Chinois, Reinberger et consorts… Encore faudrait-il les trouver ! N'était-ce pas le travail de la police ?
Il finit par sombrer dans un sommeil sans rêves, bouleversé par le parfum qui émanait du corps de Sophie. Il se réveilla au bout d'une heure et ne put résister à la prendre dans ses bras. Son acceptation fut instantanée comme si le sommeil la laissait dans un état d'attente et de tendresse sans limite.

Dimanche 4 avril à 8 heures

Un tour au garage pour récupérer la voiture et les voilà sur le périphérique dans les embouteillages du début de matinée.
Guillaume devait informer Sophie de la raison de leur balade en édulcorant son histoire pour éviter de l'affoler. Il raconta sa découverte macabre, l'intervention de l'asiatique, la convocation à la PJ, la balourdise de Lebègue, ses retrouvailles avec Etienne mais laissa de côté ses démêlés avec Reinberger et compagnie. Sophie écoutait calmement. Elle commenterait volontiers mais s'abstint de modifier le scénario qu'elle venait d'entendre, persuadée que Guillaume lui racontait la trame de son futur roman !
Ce silence étonna Guillaume qui se rendit compte qu'elle ne le prenait pas au sérieux ; mais s'il insistait, il risquait de l'affoler. Après tout, il serait toujours temps d'aviser et de la prévenir si l'affaire devait se dramatiser.
Guillaume resta quelques instants silencieux. Pour détendre un peu l'atmosphère, Sophie ne put s'empêcher de lui dire :
« Ne pourrais-tu pas faire entrer mon percepteur dans ton histoire et pour la bonne cause le faire trucider par ton Chinois. Même si ça ne change rien à mes difficultés avec le fisc, un bel assassinat me soulagerait le moral… »

C'est désespérant se dit Guillaume qui n'ajouta aucun commentaire à l'idée farfelue de sa compagne, préférant mettre la radio pour ne pas compliquer la situation.
Curieuse, Sophie qui connaissait bien la Normandie, lui demanda leur destination.
« Nous allons à Pont-Audemer qui est le pays d'Odile Mauldre. Il y a sûrement des renseignements à glaner. »
Elle savait que Guillaume aimait s'imprégner de l'atmosphère et du cadre de ses romans et trouva cette destination tout à fait à son goût.
Guillaume s'aperçut alors que le garage avait oublié de faire de plein d'essence de sa voiture. Il devra donc s'arrêter à la première station-service. Il y avait peu de monde sur l'autoroute. Depuis l'embranchement de Poissy, il ressentait une vague impression d'être suivi. Avant le péage de Mantes, dominant la centrale électrique de Porcheville, il vit l'entrée d'un parking. Guillaume s'y gara pour, dit-il à Sophie, admirer le cours majestueux de la Seine, mais en réalité, pour surveiller les voitures qui le suivaient. Une Mercedes blanche venait de s'arrêter sur la bande d'arrêt d'urgence au risque de causer un accident.
Cela confirmait la crainte de Guillaume. La Mercedes était garée trop loin pour qu'il puisse identifier le conducteur mais il savait qu'il n'avait pas à faire à un policier ; le ministère de l'Intérieur n'avait pas les moyens d'offrir à ses fonctionnaires de telles voitures de luxe.

Les voilà repartis. Juste avant le péage, était indiqué « Mantes, centre-ville »
A environ cent mètres derrière leur voiture, la Mercedes blanche suivait toujours. Sans mettre son clignotant, Guillaume accéléra, serra brusquement sa droite et sortit de l'autoroute. Son suiveur n'avait pas prévu cette manœuvre ; il freina mais n'eut pas le temps de tourner et dut continuer vers le péage.
Sophie eut la frousse de sa vie mais ne fit aucun commentaire. Ils traversèrent Mantes et s'arrêtèrent sur la rocade à une station-

service pour faire le plein d'essence. Guillaume put vérifier ainsi qu'ils n'étaient pas suivis. Il prit alors la direction de Magny-en-Vexin suivant les bords de Seine jusqu'à Vétheuil. Sophie était ravie de vivre le roman de Guillaume en direct, émotions assurées avant lecture !
A la Roche Guyon la route les mena doucement en direction de Gasny. Il faut à tout roman un chapitre romantique, pensait-t-elle ; ce sont les passages qu'elle préférait, sans ne le dire à personne, ayant sauvegardé par devers elle un coté fleur bleue.

Au bas dans la vallée, la Seine, reflet argenté dans le soleil, se lovait paresseusement. Les arbres encore nus, une légère brume montante, les couleurs pastel rehaussées de vert acidulé, tempérées par les fonds ocres des sous-bois, l'odeur du vent presque froid, porteur d'un « on ne sait quoi » de renouveau, avec une pointe d'air marin, incitaient, pensait-elle, à la poésie et non aux couleurs sombres d'un roman noir.
Guillaume gara sa voiture sur le bas-côté de la route et main dans la main, comme un vieux couple, ils partirent faire une petite balade.
Vers midi, ils arrivèrent à Pont-Audemer à l'auberge du Vieux Puits. Sophie ne connaissait pas cette vieille auberge à colombages du dix-septième siècle, avec sa cour, son saule qui pleure dans le puits et un petit rien en plus qui a le charme fou des souvenirs d'enfance.
Après un délicieux déjeuner, Guillaume demanda à l'aubergiste le bottin du téléphone et trouva sans difficulté l'adresse des Mauldre. Les vacances étaient terminées et les difficultés allaient commencer.
Odile habitait presque à l'extérieur de la ville, dans un pavillon en meulière entouré d'un petit jardin.
À la stupéfaction de Sophie, Guillaume agita à plusieurs reprises le carillon de la porte d'entrée. Avant que la porte ne s'ouvre, il prévint Sophie qu'il allait devoir mentir et que si cette aventure la choquait, elle devait retourner à la voiture.

Au bout de quelques instants, une vieille dame ouvrit la porte et s'informa du motif de leur visite. Après l'avoir saluée, Guillaume se présenta :
« Je suis le professeur Ernest Legrand, enseignant à l'École des Langues orientales. Odile a été une de mes brillantes élèves. De passage à Pont-Audemer, j'ai tenu à venir présenter mes condoléances à sa famille. Mademoiselle Lehu, ma secrétaire m'accompagne. »
Sophie, stupéfaite n'en croyait pas ses oreilles mais que pouvait-elle faire sinon être complice de ce mensonge ?
La vieille dame se présenta comme la tante d'Odile et les fit entrer dans le vestibule de la maison. Elle demanda de l'attendre quelques instants et disparut par une porte latérale. Un escalier occupait une bonne partie de la pièce, meublée de quelques fauteuils et d'une commode ancienne. Un gros bouquet de fleurs artificielles et divers objets en décoraient le plateau. C'est alors que Guillaume aperçut un colis postal non ouvert de la taille d'un gros livre au milieu de différents courriers. Pour la première fois de sa vie, il allait commettre un vol.
Sans l'ombre d'une hésitation, il prit le paquet et le mit sous son bras, à l'intérieur de son imperméable. Sophie, scandalisée, ne dit rien ne sachant plus où se mettre !
Ils patientèrent cinq minutes sans dire un mot. La porte s'ouvrit. La vieille dame s'étonna de leur présence et leur demanda qui ils étaient. Manifestement elle n'a plus toute sa tête…
Arrivée à la voiture, Sophie avait l'air furieux. Elle apostropha Guillaume :
« Tu m'avais prévenu que tu allais devoir mentir. D'accord mais…pour faire bonne mesure, tu aurais pu trucider la vieille et en profiter pour percer le coffre… »
« Tout à l'heure dans la voiture, quand je t'ai informée de mes problèmes… Tu ne m'as pas cru, persuadée que je voulais vivre le scénario de mon prochain roman. Il fallait même que je tue ton percepteur et je ne sais quoi d'autre… Tout ce que je t'ai raconté s'est réellement passé. Pour comprendre, j'avais besoin de

prendre ce paquet. Si je me suis trompé, je le réexpédierais dès demain par la poste. Je t'assure que je vis une situation difficile… »
« Tu ne vas pas me dire qu'Odile Mauldre a réellement été assassinée mercredi… »
« De temps en temps tu devrais lire les faits divers des journaux… »
« La voiture qui nous suivait tout à l'heure… Ce n'était pas du bluff ? »
« Mais non ! J'étais d'ailleurs bien content de m'en être débarrassé… Par une manœuvre digne d'Hector Burma…un compliment ne fait jamais de mal… » Dit-t-il content de lui.

Sophie ne savait plus très bien à quel saint se vouer. Elle éprouvait une peur rétroactive mais tenta de se faire pardonner par Guillaume.
L'hôtel du Petit Coq aux Champs avait installé son nid en pleine campagne à environ six kilomètres de Pont-Audemer. Plusieurs maisons à toit de chaume, réunies dans un grand jardin fleuri, abritaient des chambres confortables. Sophie ne pouvait rêver mieux pour se faire pardonner.
Le paquet subtilisé par Guillaume avait été posté le mardi 30 mars à la poste de la rue Molière, proche du Palais Royal. Il avait la taille et le poids d'un gros livre. Sous trois épaisseurs de papier d'emballage, Guillaume y découvrit un gros carnet d'une centaine de pages. À l'intérieur, il y trouva des documents manuscrits et dactylographiés en caractère thaï. Toutes les feuilles étaient signées et comprenaient pour certaines des cachets officiels et pour d'autres des négatifs photos de très petites tailles. Bien entendu cette écriture lui était totalement incompréhensible. Il refit le colis avec soin et décida de le cacher dans la bouche d'aération de la salle de bains.
Sophie n'était pas rassurée mais Guillaume lui dit qu'ils étaient plus en sécurité à la campagne. Sa colère s'était transformée en admiration. Elle n'avait jamais pu imaginer que Guillaume puisse

être un homme d'action. Pour éviter toute surprise, il demanda à l'hôtelière un garage fermé pour que sa voiture ne soit pas visible de la route.
Que faire après dîner dans une campagne profonde alors que la nuit tombe vite ? Sophie avait toujours beaucoup de réponses à ce type de questions. Tant et si bien qu'ils ne se sont endormis que deux heures plus tard, épuisés, ayant pratiqué toutes les possibilités qui leur étaient offertes, sans compter celles qu'elle avait su inventer.

Dimanche 4 avril, 10 heures

Un repos bien mérité, un réveil en fanfare, un petit déjeuner copieux leur firent oublier la couleur du ciel qui est passée du bleu lavande au gris souris. La radio locale diffusait une musique de bal musette qui permet sans regret de se laver les dents en chantonnant toute autre chose. Le speaker interrompit ce ronron pour donner les dernières nouvelles régionales. Après une météo sans relief, il annonça que la veille une personne âgée de Pont-Audemer s'était faite agresser chez elle. Elle avait été violemment prise à partie par un individu dans l'après-midi vers seize heures. Ses voisins l'avaient entendu crier. Grâce à leur intervention, le voleur s'était enfui. La pauvre femme, déjà souffrante, avait été légèrement blessée.

Tout en réglant sa note, Guillaume demanda à l'hôtesse qui l'avait reconnu, de ne parler à personne de leur escapade dans son hôtel. La jeune femme l'assura avec un sourire coquin, de sa parfaite discrétion.
Ayant pris soin de cacher le paquet récupéré dans la salle de bains, sous la roue de secours de sa voiture, ils choisirent le chemin des écoliers pour rentrer vers la capitale, en passant par Bourneville et Jumièges, après avoir traversé la Seine par le bac.

En conduisant, Guillaume raconta à Sophie la merveilleuse histoire de Saint Philibert, fondateur de l'abbaye. Par pitié, il avait recueilli les deux fils de Clovis II, après que leur mère Bathilde leur eut fait couper les nerfs des jambes et abandonnés dans une barque sur la Seine pour les punir de leur désobéissance. À sa grande surprise, Sophie l'assura qu'en réalité, il s'agissait de Thésolon, et de son fils Théodon, duc de Bavière, emprisonnés par Charlemagne. Dans son enthousiasme d'historien, Guillaume avait complètement oublié que Sophie avait suivi ses cours à la Sorbonne pendant trois ans !

Dimanche 4 avril à Paris 20 heures

Guillaume venait de déposer Sophie chez elle et de mettre sa voiture au garage. À peine avait-t-il pénétré dans le hall de son immeuble que madame Perrez sortit de sa loge et se précipita vers lui. Guillaume pensa que l'information devait être grave pour qu'elle abandonne le film du dimanche soir.
« Enfin vous monsieur le professeur… »
C'est bien la première fois que cette brave femme l'honorait de son titre universitaire… L'annonce devait être d'importance !
« Votre appartement a une fois encore failli être cambriolé. Vers onze heures ce matin, j'étais en train de préparer mon déjeuner quand j'ai vu passer dans le hall un homme et une femme, comme qui dirait un couple. Depuis vendredi, je me méfie de tout le monde, vous comprenez ! J'ai abandonné mon frichti. Ils avaient pris l'ascenseur ; je suis donc montée à pieds. Et devinez ce que je vois ? Les deux perdrix (faisans pense Guillaume) devant votre porte en train de la forcer avec un pied de cochon (biche rectifie-il en lui-même). Qu'est-ce qu'il y a donc chez vous pour attirer tout ce beau monde, monsieur d'Assas ? Une poule aux pieds d'or ? »
La brave femme bat tous ses records de confusion ! Ce doit être l'émotion se dit Guillaume.

« Si je le savais madame Perrez, je serais bien content ! »
« J'ai été voir les gendarmes qui me prennent maintenant pour une folle.
Quand on est arrivés, bien sûr, il n'y avait plus personne ! Ils ne voulaient pas me croire ! »
Restant dans le domaine de la chasse, Guillaume d'ajouter :
« Ils ont dû filer comme des lapins… »
« Qu'est-ce qu'il y a donc chez vous pour attirer tous ces bandits ? Je vous assure, monsieur d'Assas, je ne suis pas cinglée ! La preuve j'ai trouvé ça près de la porte. »
Madame Perrez sortit un gant de cuir de sa poche.
« Vu la taille, c'est un gant de femme, vous ne croyez pas ? Et les deux flics, ils n'ont même pas voulu monter dans les étages, vous vous rendez compte ! »
Guillaume la remercia et la félicita pour sa vigilance. Par curiosité il gravit les trois étages à pieds pour être sûr que ses voleurs amateurs n'aient pas laissé d'autres traces de leur passage. Coincé près du mur, il découvrit un deuxième gant de femme inaperçu par la gardienne.
- Pour une telle négligence, les deux lascars ont dû avoir une sacrée frousse… se dit-il. Il ouvrit sa porte qui était de plus en plus rayée.
- Après le péril jaune, la déferlante germanique ! Que faire de cette paire de gants ? En parler à Étienne ? Lui demander une protection ? Cela va faire beaucoup de gendarmes sur le trottoir !
L'imagination de Guillaume était fertile. Il voyait déjà quatre sergents de ville en train de faire une belotte dans l'entrée de l'immeuble, képi sur la tête avec madame Perrez une canette à la main !

Sa première préoccupation fut de sortir le mystérieux paquet du fond de sa valise. Il trouva dans un placard de la cuisine un sac plastique dans lequel il enferma le document ; puis à l'aide d'un gros rouleau de papier collant, le fixa dans le conduit de la cheminée du salon, le plus haut possible. C'était noir de suie, constata-t-il en se voyant dans une glace. Mais avant de se laver, il devait faire disparaître toutes traces pouvant indiquer sa cachette.

Paris le dimanche 4 avril, 21 heures

Guillaume regarda sa montre :
- Déjà neuf heures. Une petite pizza pour me remettre de mes émotions me ferait le plus grand bien ! pensa-t-il en regardant sa montre.
À peine avait-t-il fait une centaine de mètres dans la rue qu'il vit Carola sortir d'une voiture et venir vers lui. Elle avait changé d'aspect. Elle s'était teint les cheveux en roux agressif et avait troqué son tailleur pour un pantalon assorti à un chandail à col roulé bleu marine.

« Monsieur d'Assas, avez-vous des nouvelles de notre affaire… ? »
Avant qu'elle ne finisse sa phrase, Guillaume l'apostropha :
« Que Reinberger calme ses ardeurs à vouloir me rencontrer. De toute façon vous ne pourrez pas rentrer dans mon appartement. Il est sous alarme et la police garde l'immeuble. Vous perdez votre temps… »
« Justement nous avons regretté Hantz et moi de ne pouvoir vous rencontrer ce matin. Je vous l'aurai présenté… »
« Gardez vos politesses pour d'autres. Je n'ai aucune envie de le connaître, ni de continuer à vous voir. Dites-lui aussi que je n'ai

pas encore retrouvé le tableau et que je ne suis pas très sûr d'avoir envie de la chercher ! »
Carola Shutz fut prise de cours. Furieuse, elle s'apprêtait à menacer Guillaume qui ne lui en laissa pas le temps.
« J'ai bien réfléchi à toute cette histoire. Je crois que Zimmerman a inventé cette histoire pour faire patienter son copain et que le tableau a été perdu pendant la débandade des troupes allemandes en 1945. »
Une fois de plus, Guillaume voulait mettre le doute dans le camp de ses adversaires pour les forcer à lui laisser plus de temps... Et de permettre à la police de faire son travail… Du moins l'espérait-il !
« Une chose m'étonne tout de même. Vendredi soir, j'ai reçu un curieux appel de quelqu'un qui me réclamait aussi ce foutu tableau. Je trouve que ça fait beaucoup de monde dans la même semaine ! »
« Que voulaient-ils ? »
« La même chose vous que si j'ai bien compris. Après leur appel, j'ai obtenu par les Renseignements le numéro de mes derniers correspondants. Figurez-vous que le dernier appel venait l'ambassade d'Israël. Curieux, vous ne trouvez pas ? »
« Une fois de plus, vous bluffez ! Comment auraient-ils pu savoir pour le tableau ? »
« Frantz peut-être ? En faisant appel à eux, il essayait peut-être de se protéger ! »
« Vous dites n'importe quoi pour gagner du temps. Je vous l'ai dit Hantz n'est pas du genre patient… Il a déjà fait parler des plus coriaces que vous ! Il m'a dit qu'il vous laissait encore vingt-quatre heures. Après il utilisera les grands moyens ! Vous savez comment me joindre… »
Carola s'engouffra dans sa voiture et démarra en trombe. Guillaume crut apercevoir à l'arrière un crâne chauve qu'il attribua à Hantz.
Guillaume arriva devant son restaurant et constata avec dépit qu'il était fermé. Il avait complètement oublié que sa pizzeria n'ouvrait

pas le dimanche. Il irait donc rue Soufflot à la brasserie les Fontaines. Tournant au coin de la rue Saint Jacques, il aperçut à une vingtaine de mètres, au milieu du trottoir, un type qui avait l'air de l'attendre.
Ce doit être mon Asiatique…
Pensa-t-il tout en continuant sa marche.
Pour la première fois, il voyait son agresseur de face et constata qu'il était franchement antipathique. De petite taille, les cheveux coupés très courts, le teint mat, il donnait une forte une impression d'agressivité. Impossible de l'éviter. Arrivé à sa hauteur, Guillaume ne lui laissa pas le temps de parler.
« Encore toi ! Je t'ai déjà dit que je ne pourrai te donner le paquet qu'à la fin de la semaine. Ce n'est pas parce que tu es toujours dans mes pattes, toi et tes collègues que vous l'obtiendrez plus vite… »
« Quels collègues ? »
« Je te l'ai déjà dit, un couple qui n'arrête pas de me harceler. Le mec m'a dit que le paquet appartenait au gouvernement thaïlandais et que s'il le fallait, il ferait intervenir son ambassade auprès du Quai d'Orsay ! »
Le type marqua le coup, comme un boxeur qui vient de prendre un uppercut à la pointe du menton !
« Dans ce cas, je n'ai plus de temps à perdre ! Lundi soir, pas un jour de plus ! »
Sur le ton d'une conversation d'affaires, il reprit :
« J'ai vu que tu avais une amie qui vient chez toi. Elle est mignonne. Ce serait bien triste qu'elle… »
« Tu parles de la femme de ménage… ? »
« Qui vient travailler chez toi la nuit peut-être ? Arrête de te foutre de ma gueule. Si demain je n'ai pas le paquet, je défigure la femme et je te flingue… De toute façon je n'ai plus rien à perdre ! »

Guillaume se dit que ce type tiendrait sûrement parole et que la situation devenait critique. Les ultimatums se surajoutaient les uns

aux autres...toujours assortis de chantage et de menace de mort avec tortures si possible. Mais il se dit aussi que s'il donnait le paquet à l'asiatique, il n'aurait pas pour autant la vie sauve, bien au contraire, et que s'il trouvait le tableau du teuton, il se ferait trucider de la même manière !
Pourtant rien ne pouvait couper l'appétit de Guillaume.
- Les émotions, ça creuse... Autant mourir l'estomac plein !
À peine, assis à sa table habituelle à la brasserie qu'il commanda une choucroute bien garnie et un grand bock de bière.
Il quitta le restaurant vers les dix heures. Tout en rentrant chez lui, Guillaume pensait que seul manquait à son jeu de marionnettes le gendarme moustachu qui faisait son bonheur quand enfant, le jeudi après-midi, il allait crier sa joie dans les jardins des Champs-Élysées. Après tout, Etienne pourrait peut-être faire l'affaire ? Cette pensée le fit sourire. Il faudra qu'il lui en parle...se dit-il.
Il avait eu sa dose d'aventures pour ce dimanche mouvementé. Il était très content de se retrouver chez lui, protégé par madame Perrez et la maréchaussée. Un peu inquiet, il téléphona cependant à Sophie pour avoir de ses nouvelles.
« Pas de problème ! » Lui dit-elle. « Merci pour la balade. Dommage qu'elle ait été si courte. »
Guillaume l'interrompit :
« J'aimerai pour ta sécurité que tu ailles passer quelques jours chez tes parents à Versailles, quitte à te mettre en congés pour une courte période. »
« Il n'en est pas question ! Ma porte est blindée, mon concierge musclé et ma volonté farouche ! »
Guillaume trouva que Sophie en faisait un peu trop.
« Alors dans ce cas, je t'en prie, évite à tout prix de venir me voir chez moi. L'homme à la Mercedes veut toujours récupérer son colis et il risque de se servir de toi comme appas pour l'obtenir... »
« Il n'y a pas du Marianne caché là-dessous ? » lui dit-elle en riant.

Guillaume l'assura un peu hypocritement de sa fidélité sans faille, ce qui eut pour effet de redoubler son rire.
« Je ne t'en veux pas de m'avoir entraînée dans folle aventure… Je suis une femme obéissante… »
Ce fut au tour de Guillaume d'éclater de rire.
Pour se détendre, Guillaume avait besoin de musique. Va pour Bach et ses variations Golberg !
- Était-ce bien prudent d'avoir caché le paquet récupéré chez Odile Mauldre dans la cheminée ?
- Si j'étais le Thaïlandais, je commencerais par m'introduire chez madame Perrez ; je lui mettrai un couteau sous la gorge, lui collerai un bâillon et la forcerai à ouvrir la porte de mon appartement. Après l'avoir assommée pour être tranquille, j'aurai le temps de fouiller partout : les dessus et intérieurs des placards, la salle de bains, sous les matelas (mais pas à l'intérieur des dits matelas à l'instar de certains films policiers. C'est spectaculaire de les lacérer à grands coups de couteau en y ajoutant les oreillers pour faire bonne mesure mais c'est assez ridicule !), le dessus de la chasse d'eau ? Pour les quelque mille livres de la bibliothèque, j'aurai plus de mal mais après tout, j'aurai tout mon temps ! Mais comme je suis un Thaïlandais astucieux, je n'oublierai pas de vérifier l'intérieur de la cheminée du salon. Et là merveille ! Je retrouverai la poule aux pieds d'or comme dirait madame Perrez. Il ne me restera plus qu'à attendre ce salaud de Guillaume d'Assas qui m'emmerde depuis plusieurs jours pour lui faire la peau. Pour ne pas qu'elle parle de ma visite, j'égorgerai bien sûr madame Perrez. Je serai alors un Thaïlandais heureux…

Guillaume envisageant le pire, décida de modifier sa cachette pour empêcher le bon déroulement de ce scénario catastrophe…
Il alla récupérer le paquet, en sortit les mains noires de suie, alla se laver pour ne pas tacher les documents. Il ouvrit l'enveloppe et compta un à un les feuillets. Il en dénombra cent quarante-deux. Sur certains, des microfilms étaient scotchés au centre des pages.

Guillaume pensa avec amertume que son imagination refusait d'être fertile. Où trouver la bonne cachette ?
Glenn Gould jouait les dernières notes de la quatrième variation. Guillaume pensa subitement à la solution de son problème : sa collection de microsillons ! Il en avait plus de huit cents dans sa discothèque et tous avaient gardé leur étui cartonné d'origine. Il entreprit un travail fastidieux : glisser un feuillet par disque en caressant avec délice ces chefs-d'œuvre qui l'avaient fait si souvent rêver.
Il était presque minuit quand il mit la dernière page du document sous la protection bienveillante du Requiem de Verdi. Laplace, pensa-t-il, connaissait sûrement ce disque de référence enregistré par la Scala de Milan en 1987 !
- Il faudra que je lui en parle. Muti était vraiment un chef époustouflant!
Guillaume était fatigué mais n'avait pas encore sommeil. Alors, pourquoi ne pas partir à la chasse au trésor qu'il possédait soi-disant sans le savoir depuis soixante-dix ans ? - Voyons quels sont les meubles qui viennent de Rupt, se dit-il.
La grande armoire de ma chambre ? Elle vient du salon de la Garenne ! Impossible de la déplacer seul. Je n'imagine pas Hantz en train de demander un coup de main à ses copains de régiment pour planquer son trésor ! Oublions les fauteuils Directoire du salon et la table à gibiers, oublions aussi le dos-d'âne de l'entrée, trop petit. Reste la commode de la chambre d'amis.
Guillaume, un peu perplexe, se planta devant le meuble qui était placé près de la fenêtre de la chambre. Son plateau marqueté était décoré d'une croix de Malte. Il savait qu'il ne renfermait que peu de choses. Avec précaution, il retira les trois tiroirs, les vida, les retourna et conclut à l'inutilité de ses recherches.
- Hantz m'a raconté des histoires… Il a perdu le tableau et pour faire patienter Frantz, lui a fait croire qu'il l'avait planqué à Rupt… Oui mais alors pourquoi avoir pris le risque de cambrioler la Garenne… ?

Guillaume, regarda encore la commode, tâta le bois, sortit les tiroirs qui étaient presque vides et la déplaça avec difficulté pour examiner l'arrière. Le cadre et les montants étaient en chêne comme il se doit. Le fond noirci était irrégulier… Tout lui parut normal, si ce n'est qu'un des panneaux lui sembla différent. Il savait que les ébénistes du dix-huitième siècle négligeaient la face arrière, privilégiant la solidité du meuble à l'esthétique, mais tout de même… Il s'apprêtait à remettre la commode à sa place, hésita et finalement alla prendre une loupe dans son bureau pour examiner les angles d'un des deux panneaux droits.
- C'est curieux, se dit-il. Il n'est pas posé comme celui de gauche-

Guillaume retourna dans son bureau, prit un coupe-papier et doucement gratta un des coins du panneau. La lame fit sauter de la poussière mélangée à un peu de cire et glissa sur une petite surface avec un léger bruit métallique. Il insista et fit apparaître la tête d'une petite vis ! Il recommença dans chaque angle et en découvrit trois autres ! Il retourna à son bureau, en se demandant où il pouvait avoir rangé son tournevis. Guillaume n'était pas d'un naturel bricoleur… Il finit par retrouver l'outil dans un tiroir de la cuisine. Tout doucement, pour ne pas abîmer le bois, il détacha le panneau de son support, le retourna et resta béat d'admiration devant sa découverte, le cœur battant la chamade ! C'était une peinture d'une stupéfiante beauté ! Une Vierge portant sur ses genoux un enfant Dieu resplendissant de grâce. Les dorures et les couleurs étaient ternies par une légère couche de poussière mais semblaient intactes. Guillaume alla chercher un chiffon de laine qu'il ne trouva pas, prit son mouchoir et avec d'infinies précautions essuya le tableau. Sous la lumière de la lampe, le bleu foncé du manteau de la vierge et le rouge presque grenat de la chemise de l'enfant, retrouvaient leurs teintes d'origine. Guillaume, tellement ému, fut obligé de s'asseoir.
- Ce n'est pas un Giotto, se dit-il mais plutôt un Ceccarelli ou un Simone Martini… Aux experts de confirmer !
Il n'avait maintenant qu'une chose à faire : le remettre en place.

Si le couple infernal de Teutons mal dégrossis arrivait à forcer la porte de mon appartement, je me sentirais leur complice, se dit-il. Sortir dans la rue avec ce chef-d'œuvre sous le bras pour le mettre en banque dans un coffre serait totalement irresponsable ! Alors au travail !

Avec tristesse, il refixa le panneau derrière la commode, remit tout en place et alla boire un grand verre d'eau !

Le cartel du salon sonna une heure mais Guillaume, excité par sa découverte, n'avait toujours pas envie de dormir. Il alla cependant s'allonger et sans s'en rendre compte plongea dans un sommeil un peu lourd, épuisé par sa journée !

Lundi 5 avril, 8 heures

Guillaume se réveilla avec la gueule de bois. Il n'avait pourtant pas bu hier soir pour fêter la découverte du tableau. Le manque de sommeil sans doute, les émotions bien sûr mais surtout les menaces de ses adversaires, finissaient par le fatiguer. Il s'étonna de n'avoir aucune nouvelle du Quai des Orfèvres et méchamment se dit qu'il était sans doute impossible de faire travailler tôt un fonctionnaire le lendemain du week-end. Les truands pouvaient s'en donner à cœur joie.
- J'arrive à situer le couple infernal, mais l'Asiatique ! Qui est-il ? se demandait Guillaume en buvant son café. Comment se défendre contre quelqu'un dont on ne sait rien ? Qui était donc ce petit trapu au regard mauvais ? Le texte trouvé chez Odile Mauldre était écrit en Thaïlandais. Un Chinois ou un Japonais comme l'a prétendu madame Perrez ? En toute logique ce doit être un Siamois. Comme pour le choix de son vocabulaire… madame Perrez tombait souvent à côté ; cela donnait quand même une direction à prendre. Mais comment se renseigner sur un Thaïlandais en vadrouille dans une ville aussi peuplée Paris ?
- Pourquoi pas l'ambassade ou le consulat ?

Il alla dans son bureau, prit l'annuaire téléphonique et y lut que l'ambassade de Thaïlande était située 8 rue Greuze dans le seizième arrondissement.

- Mais se dit-il je ne vais tout de même pas demander au standard de l'ambassade de me donner le nom de quelqu'un dont je ne connais pas le nom, en le décrivant comme petit et antipathique et en précisant que c'était un sinistre individu. Il fallait y ailler et improviser.

Après vingt minutes de métro, Guillaume descendit à la station Trocadéro. Il était neuf heures et demie. Les bureaux de l'ambassade n'ouvraient qu'à dix heures. Il avait donc le temps de prendre un grand crème pour y tremper quelques croissants à la terrasse intérieure du café Kléber, tout en jetant un coup d'œil distrait aux nouvelles du jour dans un journal qui traînait sur le comptoir. A dix heures moins cinq, Guillaume s'apprêtait à partir. Il aperçut alors de l'autre côté de l'avenue son Asiatique qui se dirigeait vers la place du Trocadéro.

- Il a l'air de bien connaître le quartier, se dit Guillaume qui décida de le suivre. Il n'y avait pas encore beaucoup de monde. Il devait donc être prudent, ne pas traverser, tout en restant derrière lui, à cent mètres environ, pour ne pas être repéré. Comme un brave petit fonctionnaire qui se rend à son ministère, le Thaïlandais se dirigeait d'un pas tranquille vers l'ambassade. Guillaume le vit pénétrer au 8 de la rue Greuze par l'entrée réservée au personnel.

- Comment puis-je connaître le nom de ce type ?

Se demanda-t-il. Jamais à court d'imagination, il entra dans le premier bistrot qui se présentait, commanda encore un café, demanda l'annuaire téléphonique et s'enferma dans la cabine située au sous-sol.

« Allo, l'ambassade de Thaïlande ? Bonjour ; je vous appelle du Kléber, place du Trocadéro. Une personne que je vois tous les matins et qui d'après ce que je sais doit travailler chez vous, a oublié son porte-documents sur le comptoir, il y a quelques instants… »

« Ne quittez pas, je vous passe l'accueil. »

Guillaume répéta sa petite histoire. Au bout du fil, il perçut une hésitation puis l'hôtesse lui dit :
« Ce doit être monsieur Thanarat qui vient d'arriver, il y a quelques minutes. Voulez-vous que je vous le passe ? »
« Non, ne le dérangez pas mais dites-lui de venir le récupérer dans la journée, quand il le pourra. Qu'il demande Jean-Paul au comptoir ! »
Guillaume était assez content de lui. Il allait enfin pouvoir se renseigner sur cet assassin ! Il devait maintenant retourner chez lui pour téléphoner à ses amis.

Paris, le 5 avril à 11 heures

À peine avait-t-il pénétré dans l'entrée de son immeuble, qu'il vit madame Perrez, un chiffon à la main venir vers lui :
« J'ai bien cru à une nouvelle tentative de cambriolage, monsieur d'Assas. Question d'habitude vous comprenez ! Vers les neuf heures, à travers la porte de ma loge, j'ai vu un type que je ne connaissais pas monter chez vous. Mon sang n'a fait qu'un demi-tour et pour éviter que les agents de l'entrée continuent à me prendre pour une folle, j'ai été les chercher ! On est monté sans faire de bruit. Devant votre entrée, il y avait un type qui regardait votre porte avec un air mauvais. Enfin j'en tenais un… Les flics lui ont demandé ce qu'il voulait. Alors, il a pris de grands airs, disant qu'il était de la maison, ce qui n'était pas vrai, je lui ai dit. Il a sorti une carte de sa poche affirmant d'un ton supérieur qu'il était l'inspecteur Lelièvre ou Lebègue, je ne me souviens plus très bien qu'il menait une enquête sur vous. Il est parti furieux. Il a même demandé aux agents leur numéro d'immatriculation ou quelque chose comme ça ! Avec toutes ces embrouilles, les flics ne me diront plus bonjour le matin ! Tant pis pour eux, moi je ne leur donnerais pas leur petit café. Allez, il n'y a pas de mal monsieur d'Assas.

Ce qui voulait dire dans le langage fleuri de madame Perrez qu'elle commençait à trouver toute cette histoire un peu longuette ! se dit Guillaume.
- J'ai dû baisser d'un cran dans son estime. Elle a d'ailleurs, ce matin, oublié de m'appeler monsieur le professeur…

À peine rentrer chez lui, Guillaume entendit la sonnerie du téléphone. Il se précipita. C'était Brigitte qui avait de nouveaux renseignements :
« Ton Reinberger est un sinistre individu, mon petit Guillaume. Et dangereux avec ça ! Il a été condamné en 1947 pour crime de guerre par le tribunal de Nuremberg à quinze ans de prison pour avoir participé aux rafles contre des familles juives en Pologne et en France. Il n'a pas été pendu faute de preuve. Il est sorti de tôle en 1961. La police le recherche maintenant pour plusieurs affaires et donnerait cher pour le coffrer. Toute cette histoire m'inquiète sérieusement Guillaume chéri. Arrête les frais. Va voir la police. Ils ont plus de moyens que toi… Par Interpol ils se mettront en relation avec l'Allemagne.
« Mais la police est au courant. Ce n'est pas pour autant qu'elle se manifeste ! »
« As-tu dit aux flics les menaces… ?
Guillaume essaya de la rassurer mais n'arriva pas à la convaincre. Bien sûr, il passa sous silence ses démêlés avec Thanarat. Brigitte ne pourrait que s'inquiéter sans pouvoir l'aider. Par contre Gérard pouvait lui être d'un grand secours. Il téléphona à son bureau. Par chance, il n'était pas encore parti déjeuner.
« Je connais le nom de l'Asiatique qui a assassiné la petite Mauldre. Il s'agit d'un certain Thanarat qui travaille à l'ambassade de Thaïlande… »
Gérard lui demanda comment il s'y était pris et rigola en entendant la méthode utilisée par Guillaume.
« Peux-tu avoir des tuyaux par ton journal ou par le Quai d'Orsay sur ce type. Il a sans doute été mis en place par les services de renseignements de son pays ou par une organisation criminelle

puissante proche du gouvernement Thaïlandais. J'ai l'impression que c'est de la dynamite et j'en saurai plus si je pouvais comprendre le contenu des documents récupérés à Pont-Audemer. Il faudrait que je les fasse traduire. Dans tes relations… »
« As-tu pensé à Miroslav Milosz ? »
« Je n'ai plus de contact avec lui depuis plus de vingt ans ! »
Gérard l'avait revu dernièrement. Il promit donc de le contacter et éventuellement rappellera Guillaume dans la soirée. Il ne put s'empêcher de lui conseiller, comme Brigitte, d'informer la police. Mais ces jeux dangereux finissaient par amuser Guillaume.

Paris, 5 avril 13 heures

Guillaume n'avait pas déjeuné et commençait à avoir une fin de loup. Si au moins il pouvait manger un sandwich… Encore le téléphone. Il pensait depuis quelque temps qu'un répondeur pourrait lui être utile mais il restait étonnamment méfiant envers tout ce qui pourrait entraver sa liberté !
C'était Julien Laplace, apparemment plus chaleureux que lors de leurs premières rencontres. Il venait simplement aux nouvelles.
Guillaume de plus en plus affamé lui dit sans rire :
« Je pensais que vous alliez m'annoncer l'arrestation d'un des truands qui me persécutent… Oui, figurez-vous qu'ils ont, une fois de plus, essayé de me cambrioler. Les pandores qui gardent mon immeuble, dérangés dans leur ronde, ont failli mettre ma concierge au trou ! Le seul qu'ils ont réussi à coincer c'est votre stagiaire Lebègue, pris en train de regarder ma porte avec des intentions suspectes ! »
« Lebègue ? Mais qu'est-ce qu'il vient faire chez vous ? Il commence à m'énerver ! Il va falloir que je le mette sur une autre affaire. Il va finir par faire une connerie ! Quand puis-je passer vous voir ? »
Guillaume s'estima heureux d'être l'ami d'Étienne Lehu. Sans lui, il serait purement et simplement convoqué à la Cité sans

possibilité d'échappatoire et à la seule idée de passer une heure avec Lebègue, il en perdrait l'appétit !
« Venez en fin d'après-midi prendre un whisky. On pourra bavarder ! »
Avant de partir déjeuner, il appela Sophie pour savoir si elle se décidait enfin à quitter Paris pour quelques jours.
« Je vais très bien, je suis une grande fille, je saurai faire face, je suis très touchée que tu t'inquiètes pour moi mais je reste solide face à l'adversité ! »
« Quelle tête de mule… » Se dit Guillaume. Il savait qu'étant toujours détenteur du tableau et des documents, il était moins exposé que son amie. Obliger Sophie à quitter Paris était impossible mais demander à Étienne de la mettre sous protection serait raisonnable. Le plus tôt sera le mieux.
Lehu avait oublié vendredi de lui donner sa ligne directe. Il dut donc passer par le circuit normal et subir les « ne quittez pas » ou « ne peut-on vous passer un collaborateur ? » ou « il est en ligne, veuillez patienter » puis à nouveau « ne quittez pas » avant de l'entendre enfin.

En quelques mots, il lui résuma les derniers événements et le risque qu'il y aurait à laisser Sophie sans protection mais ne parla ni des documents ni du tableau. Étienne soupçonna Guillaume de lui cacher une grande partie de la vérité.
« Tu es sûr de m'avoir tout raconté ? Il manque forcément quelque chose à ton histoire pour susciter un tel acharnement de tes adversaires ! »
Guillaume feignit de ne pas comprendre mais insista encore pour obtenir une protection discrète autour de Sophie.
« Essaie de ne pas la faire protéger par des flics à moustaches et à gros godillots… Elle a un caractère de cochon et risque de mal le prendre… »
« Dommage, lui répondit Étienne, Dupont et Dupond étaient disponibles…En réserve l'inspecteur Javert peut-être... Tes références littéraires sont légèrement dépassées, mon petit

Guillaume mais si tu préfères je peux demander à Lebègue…pour ta protection personnelle, je te propose d'aller passer quelques jours à la Santé … C'est sans risque et au moins je serai sûr que tu ne transformeras pas la capitale en Far West ! Julien Laplace m'a dit qu'il passerait te voir ce soir. D'ici là, reste chez toi au chaud ! »

Guillaume n'envisageait pas une minute de tenir compte des conseils de son ami. Il fallait bien qu'il se restaure… Il restait persuadé que les truands ne tenteraient rien contre lui de peur de ne jamais récupérer ce qu'ils recherchaient.
Madame Perrez l'aperçut par la vitre de la loge et le regarda passer sans aller à sa rencontre...
« Elle trouvait pourtant le quartier trop calme… »
Pensa Guillaume avec mauvaise foi.
Il déjeuna rapidement à côté du Panthéon et décida d'aller s'aérer un peu. Le soleil faisait par instants de timides apparitions. Va pour une tournée d'antiquaires. Il attrapa la rue Monsieur le Prince, et descendit la rue de Seine. Il passait d'un trottoir à l'autre, admirant en passant l'architecture d'un immeuble, les meubles et les tableaux de certains antiquaires ou les jambes d'une jeune touriste. Il entrait dans les boutiques dont il connaissait parfois les propriétaires, discutait sur une signature, argumentait sur une estampille qu'il contestait quelquefois. Il disait à ses amis « que ce quartier lui nettoyait l'âme ». Devant le 41 de la rue, il salua la mémoire d'Armande Béjart qui y habita après la mort de Molière. Un peu plus loin, Guillaume crut reconnaître dans la vitrine d'une galerie une toile de Kandinsky à la richesse explosive de ses couleurs. Il admirait sans aimer. La peinture abstraite lui restait étrangère. Une série de bruits insolites très rapprochés le tira de sa rêverie : une détonation sèche, une sorte de claquement et le crissement de pneus d'une voiture qui démarre en trombe ! Une énorme toile d'araignée avec un trou rond en plein centre s'est instantanément déployée sur la vitrine de la boutique !

Guillaume aperçut le coffre d'une Mercedes qui tourna à droite sur les chapeaux de roues, trente mètres plus loin.
Un quart d'heure plus tard, deux voitures, gyrophares tournants et sirènes hurlantes barraient la rue de Seine. Guillaume n'avait pas grand-chose à dire au policier qui lui demandait ses papiers.
« Ce que je faisais rue de Seine ? Je me baladais, je flânais, je chinais, je me reposais d'une semaine mouvementée. »
Tout en répondant distraitement aux questions, en donnant son adresse et en expliquant qu'il avait quelques amis au quai des Orfèvres, Guillaume écoutait les commentaires des autres enquêteurs :
« …tirée avec un gros calibre…Vitre blindée… Vous dites ? Sans doute un Cal .45… D'une Mercedes ? Quelle couleur ? Noire … immatriculation… passée trop vite…
« Qu'en pensez-vous mon capitaine ?...
« Un mauvais tireur ? Sûrement pas avec un calibre pareil. C'est une arme de professionnel mon vieux…Un avertissement ? »
L'officier de police se retourna vers Guillaume :
« Vous avez des problèmes actuellement monsieur ? »
« Demandez au commissaire Lehu… Il vous expliquera… »
Manifestement son ami n'est pas inconnu du commissariat du sixième.
Guillaume sentit qu'il gênait et s'éclipsa. Il aurait peut-être mieux valu qu'il écoute Étienne… Les perdrix commencent à s'énerver dirait madame Perrez et les poulets à bouger de leur clapier !

Tout en marchant, Guillaume pensait à la maladresse du tireur.
- Reinberger avait été formé au tir par la Gestapo et avait prouvé qu'il savait encore se servir d'une arme. Thanarat n'était sûrement pas un enfant de chœur.
En conclusion il venait de subir un tir d'intimidation, un avertissement sans frais. Carola Shutz l'avait avertie de l'impatience de son copain et Thanarat devait être furieux d'avoir été manipulé ce matin. La voiture était une Mercedes noire. Celle qui les avait suivis en Normandie était de couleur blanche. En

conclusion, le tireur ne pouvait être que l'allemand. Il devenait évident que le jour où l'un de ses poursuivants récupérera l'objet qu'il recherche, ce serait l'ouverture d'une chasse à l'homme sans merci !

Guillaume traversa le pont des Arts, admira au passage l'aquarelle d'un peintre amateur et s'accouda à la rambarde pour voir passer un bateau-mouche. L'air, pimenté de douceurs marines, sentait le printemps mais le vent gardait à l'ombre quelques aigreurs hivernales.
Guillaume regretta de ne pas connaître la peur. Il n'arrivait pas à croire que sa vie soit menacée. Il avait sans doute, trop souvent imaginé des personnages de fiction.
- La peur est comme le vertige, pensa-t-il ; certains en souffrent et d'autres ne le ressentent même pas.
Ses pas l'avaient conduit rue de Rivoli. Lui vient alors une curieuse idée : il devait absolument retourner au Louvre des Antiquaires pour savoir où avait pu se cacher Thanarat dans la boutique. Il refit le chemin parcouru le mercredi précédent. De la rue, on ne voyait plus rien. Les rideaux de taffetas jaunes avaient été tirés. De l'intérieur, il remarqua pour la première fois, dans gauche du magasin non éclairé, une grosse armoire normande à laquelle il n'avait pas prêté attention, ne pensant qu'à son tableau de Von Rasky. Il constata que ce gros meuble n'était pas appuyé contre le mur mais légèrement en retrait permettant une cachette suffisamment grande pour abriter un homme.
- Les flics ont-ils imaginé cette hypothèse ? Il faudra que j'en parle ce soir à Laplace. L'assassin y a peut-être laissé des traces ou des empreintes.

Content de sa découverte, il s'apprêtait à repartir quand il aperçut la boutiquière d'à côté qui le regardait avec méfiance. Par malice, il se planta devant sa vitrine, vit que le secrétaire n'était toujours pas vendu et fit semblant de rentrer dans le magasin. La dame paniquée mit la main sur son téléphone prête à appeler police

secours ! Guillaume n'insista pas, se souvenant en rigolant de l'adage inventé par Pennac :
- Une erreur judiciaire est toujours un chef-d'œuvre de cohérence !
Quelques instants plus tard, les mains dans les poches, il se retrouva nez en l'air dans les allées du jardin des Tuileries. La lumière changeante donnait aux passants des allures théâtrales ; ils étaient éparpillés comme des jouets oubliés par des enfants distraits sous les arbres encore dépouillés par l'hiver finissant. Dans le bassin rond, les bateaux aux voiles vertes et jaunes prenaient des gîtes de régates et dans les sous-bois, les grosses dames nues sculptées par Maillol étaient bousculées, cul par-dessus tête, par un vent coquin.

« Monsieur d'Assas quelle bonne surprise ! Moi qui avais des questions à vous poser… »
Guillaume, tiré de sa rêverie, se retourna. Il avait reconnu la voix du capitaine Laplace et celle de Lebègue qui crut drôle d'ajouter :
« Vous êtes retourné chez votre ami antiquaire. On ne vous a pas dit que leur boutique était fermée pour cause de décès… »
La plaisanterie ne fit rire que lui.
« Votre humour est, toujours aussi léger monsieur l'inspecteur stagiaire !
Puis, s'adressant à Laplace, il lui dit :
« Nous devions nous retrouver ce soir chez moi. Notre rencontre vous évitera de vous déplacer mais sachez, pour votre information, qu'il y a à peine une heure, un gros maladroit en Mercedes a réussi à me louper à cinq mètres de distance avec un calibre 45, aux dires de la police... Pour plus de précisions, voyez du côté de la rue de Seine. Ayez l'amabilité d'en informer le commissaire Lehu. Félicitez-le aussi pour l'efficacité de sa protection rapprochée. Quant à vos autres questions, il eut été normal que ce soit moi qui vous les pose. Je suis ravi en tant que contribuable de savoir que les fonctionnaires de la PJ savent

mener une filature… De toute façon, je pense que nous nous reverrons bientôt. »
Il quitta, sur ces fortes paroles, les deux policiers ébahis !

Paris, le 5 avril 18 heures

Guillaume arriva chez lui une demie heure plus tard. À peine avait-t-il pénétré dans son appartement que le téléphone se mit à sonner. C'était Gérard qui essayait en vain de le joindre depuis le début de l'après-midi.
« Enfin toi ! J'ai réussi à contacter Milotz en fin de matinée. Il part demain pour le Vietnam pour quinze jours mais m'a proposé de te rencontrer ce soir à l'heure du dîner. Quand te décideras-tu enfin à te procurer un portable mon petit vieux ? Tu peux le contacter chez lui. Il habite près de Montparnasse. »
Gérard lui donna le numéro de téléphone de leur ami et poursuivit :
« Ma recherche sur le pillage des familles juives en 1944 avance. Ce qui s'est passé à cette époque dépasse l'imagination… Dégotter un tableau parmi les milliers qui ont été volés demandera de la patience d'autant plus que personne pour l'instant n'a pu l'expertiser ! Si tu le retrouves, ce sera évidemment plus facile ! »
« Merci pour tout mon vieux Gérard. Tout seul, je serai incapable de m'en sortir ! »
Guillaume raccrocha et appela immédiatement le polonais. Vingt minutes après Miroslav sonna à sa porte. Il avait eu la sagesse de

demander l'étage à madame Perrez qui l'avait accueilli avec suspicion !
Les relations entre les deux hommes dataient d'une bonne vingtaine d'années. Ils enseignaient tous les deux à la Sorbonne des matières différentes mais fréquentaient les mêmes milieux universitaires. Milosz, passionné de langues asiatiques, s'étaient orienté vers l'archéologie. Guillaume avait cru comprendre à travers certaines conversations indiscrètes qu'il avait travaillé autrefois pour le SDEC comme honorable correspondant en Malaisie et en Corée. Son physique un peu rondouillard et son crâne chauve ne permettaient sûrement pas de la comparer aux héros de la littérature d'espionnage.
- L'habit ne fait pas le moine et le physique ne fait pas l'espion…
Se dit Guillaume en lui ouvrant la porte.
Miroslav aborda sans ambages le sujet de leur rencontre :
« Gérard m'a dit que tu avais récupéré des documents écrits en Thaïe sans me donner trop de détails. Je suis à ta disposition pour les examiner et éventuellement les traduire à condition qu'ils ne soient pas chiffrés. Dans ce cas, tu devras absolument les confier aux services de police compétents.
Je n'ai pas très bien compris pourquoi tu ne l'avais pas encore fait… Mais après tout cela ne me regarde pas ! »
Guillaume l'interrompit :
« Merci d'être venu si vite. Je crois que tu pars demain pour le Vietnam. Bien entendu, tu seras ce soir mon invité à dîner dans le restaurant de ton choix ; quant à la traduction des documents, je désire simplement avoir une idée de leurs contenus. Pour les récupérer, une jeune femme a été égorgée et je suis menacé des pires sévices si je ne les restitue pas ! Je te dirai après qui est l'agresseur. Peut-être en as-tu déjà entendu parler au cours de certains de tes voyages. »
Après cette introduction un peu brutale, Guillaume fit asseoir son visiteur et partit à la recherche d'un premier disque. Il sortit de sa discothèque l'étui des Esquisses d'Alkan.

« Je ne sais pas si tu connais ce compositeur que les Anglais publient depuis quelques années. Un homme aussi doué que Liszt… Voyant que la musique ne passionnait pas son ami, il lui dit :
« Dans l'ordre où je les ai trouvés, voici le premier feuillet… »
Guillaume lui tendit. Miroslav ne portait pas de lunettes. Il sortit de sa poche une paire de gants, les enfila et se saisit du document avec précaution. C'était une feuille de papier assez fin en 21x29,7. Il l'examina en transparence, ne remarqua aucune anomalie et commença sa traduction :
« Apparemment, ce document n'est pas codé… » Dit-il. Puis il poussa une exclamation :
« Ce n'est pas possible… Commettre une telle erreur ! Rien ne semble codé ! »
Se retournant vers Guillaume qui avait été chercher des verres et une bouteille de whisky, il lui dit :
« Combien y avait-il de feuilles dans ton paquet ? »
« Cent quarante-deux, si ma mémoire est bonne dont certaines avec des microfilms, beaucoup de cachets et quelques signatures… »
Miroslav ne l'écoutait plus, totalement absorbé par sa lecture. Le temps passait ; Guillaume sortait un à un les documents des enveloppes de ses disques.
- Bach… Beethoven…Hofmann…Vivaldi.
Il termina le tour de sa discothèque par la sonate pour violon solo d'Alois Zimmermann.
Une heure et demie plus tard, il regarda Guillaume et lui dit :
« C'est de la dynamite mais bon sang tu ne peux pas garder ces documents chez toi ! »
« De quoi s'agit-il exactement ? »

Miroslav posa le papier qu'il avait en main et l'air soucieux dit à Guillaume :
« En gros, il s'agit d'un transport massif de drogue de Birmanie vers l'Europe du Nord. Tout y est : les fournisseurs, les

laboratoires, les intermédiaires, les relais bancaires... Bref toute l'organisation… Je n'ai pourtant fait qu'effleurer le sujet, sans avoir pu déchiffrer les microfilms ! An moins, as-tu un contact possible avec quelqu'un de sérieux avec le service des stupéfiants de la PJ ? »
« Non pas au service des stupéfiants mais j'ai contacté un vieil ami que tu ne dois pas connaître, le commissaire Étienne Lehu qui dirige la section criminelle de la PJ Je l'ai rencontré cette semaine mais je ne lui ai pas parlé de ces documents, ignorant ce qu'ils contenaient. »
« Lehu, celui qui était avec toi en fac de Droit ? Il y a au moins vingt ans que je ne l'ai pas vu ! »
Guillaume siffla doucement.
« Quelle mémoire ! … »
« Ne tarde pas et demande lui protection. Débarrasse-toi en vitesse de tous ces papiers. Tu ne peux rien en faire ni lutter contre une organisation internationale à toi tout seul ! Comment ont-ils pu te parvenir ? Mystère ! Peux-tu me donner quelques indications ? J'ai encore des relations qui pourraient être utiles ! »

Guillaume raconta tout : depuis sa visite au Louvre des Antiquaires, sa ballade en Normandie, sa découverte du nom du Thaïlandais… Miroslav l'interrompit :
« Thanarat, dis-tu ? Je ne connais pas ! Il est fort probable que ce soit un faux nom. Je dois pouvoir me renseigner. Il fait partie du personnel diplomatique dis-tu ? Il n'est sûrement pas seul sur le coup. La récupération d'un tel document demande une équipe structurée. À moins que l'urgence n'ait obligé l'organisation à parer au plus pressé. Je pars demain soir pour le Vietnam mais j'aurai des tuyaux dès demain matin. J'accepte de t'informer si tu racontes tout à ton ami Lehu à la première heure... »
Le téléphone interrompit le polonais. Guillaume décrocha. C'était Gérard en ligne :
« J'ai des renseignements sur Thanarat. C'est un nom d'emprunt, tu t'en doutes… Le plus étonnant est qu'il porte un nom

français : Ram Lempereur. Son père s'est expatrié, il y a une quarantaine d'années en Thaïlande. Il a eu un fils : Ram. C'est sûrement pourquoi il parle français couramment. Le quai d'Orsay n'a été informé de sa venue en France que huit jours avant son arrivée à Paris. C'est contraire aux usages diplomatiques…mais il a un poste bidon : adjoint à l'attaché commercial ;
À ce niveau personne n'a trouvé à redire. Mais sa présence à l'ambassade a été une erreur à moins que l'opération de récupération n'ait été montée dans la précipitation ; il serait venu en France comme simple touriste, je ne pense pas que j'aurai pu le localiser !
Décidemment, toutes les informations se croisaient.
Tous les feuillets que Miroslav avait entassés en liasses sur la table basse du salon, devaient retourner dans leur cachette sans attendre leur retour du restaurant. Aidé de son ami, Guillaume les remit dans le même ordre en les glissant dans les pochettes des disques. Puis pour se remettre de leurs émotions, ils honorèrent l'excellent whisky de Guillaume.

Paris, 5 avril 21 heures

Le restaurant choisi par Miroslav était proche du Panthéon. Il servait une cuisine népalaise que Guillaume ne connaissait pas. Ils prirent comme entrée des Stampa, céréales crues moulues avec du lait (Guillaume, un peu franchouillard, aurait préféré des harengs à l'huile qu'il adorait) et continuèrent par du riz agrémenté de viande de porc. Miroslav usa et abusa de piment et de poivre. Guillaume avait l'impression, sans en avoir rajouté, d'avoir le feu au gosier dès qu'il avalait une bouchée mais félicita son invité pour lui avoir fait connaître une cuisine aussi virile.

Ils terminèrent leur dîner par des jelebi et des laddus, pâtisseries très sucrées. Miroslav poussait le tout avec du chiya brûlant et de l'alcool de riz, Guillaume se contentant d'une bière népalaise.
A aucun moment ils n'abordèrent le sujet de leur rencontre, parlant de leurs souvenirs sorbonnards, du musée Guimet et de quelques blagues d'étudiant qui les avaient, autrefois, bien fait rire.

Paris, 6 avril 8 heures

Le téléphone réveilla Guillaume. Il avait mal à la tête, sans doute à cause du dîner d'hier, pensa-t-il, de méchante humeur.
« Étienne en ligne… Il faut que je te voie d'urgence… »
« Il n'est pas question que j'aille ce matin à la maison poulagua. Je me plante à chaque fois que je cherche un bureau et à la seule pensée de rencontrer ton stagiaire… »
« On est pourtant tranquille dans mon bureau… »
« Il n'en est pas question. Passe me prendre en voiture dans une heure à l'angle du boulevard Saint-Michel et du boulevard Saint-Germain, sans gyrophare ni sirène… Nous parlerons en roulant. »
« C'est à ce point-là ! Dit Étienne, inquiet de ce luxe de précautions !

Guillaume se précipita sous sa douche, s'habilla en vitesse, mangea trois gâteaux secs qu'il s'étonna de trouver dans un tiroir de la cuisine. Il savait qu'Étienne aurait bien du mal à avaler son histoire. Il devait donc prendre un document à titre de preuve. Il sortit de sa discothèque un disque. Il prit un des feuillets qu'il mit sous enveloppe. Puis il partit en fermant sa porte à double tour, en pensant qu'un jour prochain, il ferait installer une alarme.
Il croisa madame Perrez qui balayait le hall d'entrée.

« Alors monsieur d'Assas, vous en avez fini avec tous les cambrioleurs de la capitale ? »
« Ce n'est pas sûr madame Perrez ? Je les collectionne, vous savez. Bien obligé quand on écrit des romans policiers ! »
« Vous ne pourriez pas écrire des livres à l'eau de violette… ? »
Elle devait vouloir dire à l'eau de rose pensa Guillaume qui lui promit qu'il allait y réfléchir. Tout en parlant, il se demandait s'il n'aurait pas dû dire à Étienne de passer le prendre chez lui ? Il marcha d'un pas rapide vers la rue Bonaparte jusqu'à Saint Sulpice. Il s'assit sur un banc, vérifia qu'il n'était pas suivi, repartit, descendit, dans le parking par la rampe réservée aux voitures, jusqu'au deuxième sous-sol, remonta et par l'escalier. Il avait vu cette manœuvre dans un film policier dont il ne se rappelait plus du nom… De temps en temps, il s'arrêtait et écoutait s'il n'y avait personne derrière lui. Il se retrouva sur la place, rassuré et sûr que personne ne l'avait suivi.
« J'ai l'impression de relire à l'envers mes romans se dit-il. »
Guillaume continua sa marche en remontant le boulevard Saint-Germain et arriva juste à temps pour voir à une centaine de mètres Étienne au volant de sa voiture, stationnant à l'angle du boulevard Saint Michel !
« Tu vas rouler sans t'arrêter vers où tu veux mais quitte ce quartier le plus vite possible. »
Étienne regarda son ami avec étonnement mais ne dit rien. Ils roulèrent en silence jusqu'à Montparnasse.
« Raconte ! J'ai l'impression que tu t'es embarqué dans une histoire que tu ne contrôles plus… »
- Et encore… C'est peu de le dire ! Pas dans une mais deux histoires qui n'ont rien à voir l'une avec l'autre. C'est tellement compliqué que je ne sais pas par où commencer… On t'a forcément informé du tir d'intimidation de la rue de Seine ! A mon avis c'est un message des Allemands…
Étienne lui coupa la parole :
« A leur sujet, je voulais t'informer que nous avons reçu hier soir un mandat international de Berlin, lancé contre Carola Shutz et

Hantz Reinberger pour vols, escroqueries et meurtre… Rien que cela ! »
Guillaume se dit qu'avec de bien faibles moyens, il en avait découvert autant que les polices d'Allemagne et de France réunies.
« Il y a longtemps que je suis au courant ! Mais puisque tes services sont aussi efficaces, qu'est-ce qu'ils attendent pour les coffrer ? »
« Encore faut-il les trouver ! »
« Si je comprends, tu comptes sur moi ? »

Étienne ne comprenait toujours pas le luxe de précautions qui avait entouré leur rencontre.
« Tiens-moi au courant de toute façon. Il faut que je te quitte, j'ai un boulot fou et une réunion importante à onze heures… »
« Ne t'arrête pas ! Continue à rouler. J'ai d'autres choses à te dire bien plus importantes que tes mondanités administratives ! Je vais faire de toi le nouveau directeur de la PJ, un super Borniche ! Quand tu seras à la retraite, tu vas enfin avoir de quoi alimenter tes mémoires ! »
« Qu'as-tu encore de passionnant à me raconter. Sur le meurtre d'Odile… »
« Que dirais-tu si je t'apportais sur un plateau de quoi démonter un réseau international de stupéfiants ? »
Étienne le regarda avec commisération.
« Je suis preneur…mais soyons sérieux… »

Guillaume lui raconta alors par le menu, avec le plus de détails possibles, les menaces, le voyage à Pont-Audemer, ses contacts avec Gérard et Miroslav, son enquête à l'ambassade de Thaïlande et surtout la traduction faite par son ami polonais. Il conclut en disant :
« Je savais que tel saint Thomas tu douterais de ton vieil ami… »
Il sortit de sa poche l'enveloppe et la tendit à Étienne.

« A titre de preuve… Fais en faire une traduction ; tu m'en donneras des nouvelles… C'est du premier choix mon petit Étienne. J'ai encore en ma possession cent quarante et une feuilles avec quelques microfilms pour illustrations. Ce n'est pas la peine d'envoyer une équipe de tes fins limiers pour perquisitionner mon appartement. J'ai tout planqué ailleurs. N'oublie pas que si Thanarat sait que je ne suis plus en possession de ces précieux documents, je suis un homme mort. Ça vaut le coup de prendre quelques précautions ! Non ?
Après un court instant, Guillaume reprit :
« Pardonne-moi de t'avoir dérangé pour si peu. Surtout, ne modifie pas l'horaire de tes réunions et de tes rencontres mondaines avec le directeur de la police judiciaire ! Raccompagne-moi donc rue des Fossés Saint Jacques. Il est probable qu'une paire de malfrats saura apprécier ta charmante compagnie ! »
Un silence de mort suivit cette tirade. Etienne était devenu très pâle. Une colère sourde le submergeait. Il arrêta sa voiture en plein milieu de la rue, provoquant des klaxons furieux !
« Tu aurais dû me prévenir dès le premier jour… »
« J'ignorais le contenu du paquet… »
« Tu as pris un risque insensé pour ta vie et pour celle de Sophie. En plus, tu as sans doute compromis le bon déroulement de l'enquête ! »
Guillaume depuis la veille s'attendait à cette colère.
« L'autre jour à la PJ, j'ai commencé à te parler de ce dossier. Tu ne m'as pas laissé finir me demandant si je connaissais un certain Zimmermann. Comme manifestement tu ne me prenais pas au sérieux, que pouvais-je faire ? Bien sûr tu auras tous les documents mais si Thanarat le sait, il me zigouillera car je ne lui serais plus d'aucune utilité. Mets Lebègue sur le coup et prépare mon oraison funèbre ! »
La colère d'Étienne descendit comme un soufflé au fromage en mal d'invités. C'était un homme trop avisé pour se laisser déborder par ses sentiments. Etienne avait fini par garer sa

voiture sur un passage clouté. Il se tourna vers Guillaume qui goguenard lui dit :
« Pas trop dépité d'avoir loupé un travail urgent et d'arriver en retard chez ton cher directeur ? Pardonne-moi d'avoir dérangé ta sacro-sainte organisation pour si peu ! »
Étienne exaspéré regarda son ami :
« Je vais te mettre sous surveillance discrète… »
« Parce que tu ne l'as pas encore fait ! C'est vrai que je n'ai pas vu encore Lebègue sur mes talons du matin et soir… »
Guillaume pratiquait une mauvaise foi un peu lourde tant il finissait par trouver la situation cocasse !

« Ne raconte pas d'histoires… Laplace l'a remis en place pour son excès de zèle de l'autre jour… Ton affaire sera prise en charge par la direction du service des stupéfiants… »
« Il n'en est pas question ! Tu vas en plus mettre à mes basques une troisième équipe pour me protéger des Teutons… Tu viens de me donner la raison exacte de mon silence. Je tiens encore un peu à ma peau, mon vieux ! Tes hommes à godasses cloutées ne peuvent rien contre un professionnel super entraîné qui travaille en solo et un ex de la Gestapo qui rode dans Paris. Ça va faire du monde dans la rue… Pour le moment, tu n'as aucune preuve contre Thanarat. Il n'a sûrement pas laissé d'empreintes chez l'antiquaire… Vous auriez l'air malin au ministère de l'Intérieur en coffrant un membre officiel d'une ambassade sans pouvoir prouver sa culpabilité… Mon pauvre Étienne pense un peu à ta carrière ! »
« Mais bon sang, c'est une affaire qui dépend des stups et pas de la Criminelle. Je connais bien Pierre Jeumont qui dirige ce service. C'est un type sérieux, avec des moyens spécifiques, des réseaux, des spécialistes formés pour ce genre d'affaires… »
Nouveau silence.
« Fait comme tu le sens mais ne comptes pas sur moi ! Si cette affaire te dépasse, je me débrouillerai seul ! Après tout, j'ai été

beaucoup plus vite dans mes recherches que tes cohortes de fonctionnaires bornés… »
Guillaume savait qu'il ne pouvait rien faire seul mais il voulait obtenir des garanties, sachant que la moindre gaffe des policiers pourrait être mortelle !
Quelqu'un frappa à la vitre de la voiture. C'était une contractuelle, avec son carnet à souche à la main qui s'apprêtait à verbaliser.
C'en était trop pour Étienne qui ouvrit sa fenêtre et agita sa carte tricolore :
« Vous voulez que je mette mon gyrophare pour vous faire comprendre que je suis de la police… ! » dit-il avec mauvaise foi.
La brave femme partit en grommelant vers d'autres victimes.
A l'intérieur de la voiture, la tension était remontée d'un cran. Guillaume devait calmer le jeu s'il ne voulait pas être la victime d'une bavure policière !
« Je vois déjà la tête de madame Perrez, c'est ma concierge, si elle voit débarquer les gorilles de stups et pourquoi pas le GIGN pour faire bonne mesure… Toutes les bignoles du quartier vont le savoir dans l'heure et Thanarat va braquer sur l'immeuble une mitrailleuse lourde et l'allemand balancer des grenades à manche…. Un Fort Alamo… Un Fort Alamo mon vieil Étienne ! Et qui va payer les pots cassés ? Moi d'abord et ce cher pauvre commissaire qui va se retrouver à la Concorde en train de régler la circulation… »

Guillaume voulait, ne fût-ce qu'un instant, un sourire de son ami.
« Pour un bide, c'est un bide ! »
Pensa-t-il en voyant le visage rouge de colère d'Étienne qui l'aurait avec plaisir abandonné sur le bord du trottoir ou plus précisément au fond de la Seine.
Ils stationnaient maintenant près du Grand Palais. Guillaume lui dit l'air contrit :
« Je descends ici. Je vais terminer mon calvaire seul et à pied et subir comme un pauvre homme la vindicte de tous les truands de Paris … »

« Arrête de faire l'imbécile ! Débarrasse-toi de tout ce dossier. Je te donnerai une garde rapprochée efficace. Part dans ta propriété de Rupt. Personne n'aura l'idée de te chercher dans cette campagne reculée… Je passe ce soir chez toi vers vingt heures.
Sur ces bonnes paroles, il démarra, inquiet.
Guillaume, en se dirigeant vers le bas des Champs-Élysées, se souvint de certains chapitres de son dernier roman. Son principal personnage devait orienter l'un de ses créanciers vers de fausses pistes et surtout le mener vers un piège qui lui permettrait de s'en débarrasser.
Si l'un de ses poursuivants réussissait à le coincer, il devrait gagner du temps pour organiser une contre-attaque. Il avait besoin de leurres pour lui faire croire qu'il représentait un réel danger ou d'un certain nombre d'artifices pour le désorienter.

Tout en surveillant sans arrêt ses arrières, Guillaume descendit dans le métro à Champs Élysée-Clémenceau. Il prit la direction de Montparnasse, descendit, alla vers les grandes lignes SNCF, râla contre les couloirs qui n'en finissaient pas et le tapis roulant qui était en panne. Il finit par trouver la consigne automatique. Après avoir payé, il empocha la clef, reprit le métro, partit jusqu'à la gare de l'Est, et récupéra une deuxième clef de consigne.
Comme il en avait assez du métro, Guillaume décida de prendre un taxi qui l'emmena boulevard Haussmann. Il dit au chauffeur de l'attendre, entra dans une banque et demanda l'ouverture d'un coffre. Il régla toutes les formalités et repartit en taxi avec une troisième clef.
Il se fit déposer devant son habituelle brasserie, les Fontaines, commanda un café, demanda à la patronne un papier, une enveloppe et un stylo bille. Puis il écrivit un mot à Carola Shutz pour lui dire que n'ayant pas trouvé le tableau à Paris, il partait en fin d'après-midi pour Rupt à sa recherche. Il devrait être de retour demain soir. Il voulait en finir, écrivit-il, avec cette histoire qui commençait à le fatiguer. Il confia l'enveloppe au comptoir en

précisant que sa correspondante avait les cheveux d'un roux tellement agressif qu'elle était facilement reconnaissable !
Guillaume retourna chez lui et repartit presque immédiatement après s'être changé, présageant une journée mouvementée : pantalon de velours chandail à col roulé, veste et baskets. Il avait mis la première clef de consigne dans la poche arrière de son pantalon, la deuxième dans la doublure de sa veste et la clef du coffre dans son portefeuille.
Madame Perrez balayait le hall de l'immeuble. Manifestement elle avait oublié sa colère de la veille.
« Monsieur d'Assas, vous n'allez pas me croire… »
« Que se passe-t-il, madame Perrez. Aurai-je été encore sur le point d'être cambriolé ? »
« Ce matin en allant chercher mon pain, j'ai croisé votre chinois qui faisait le trottoir à deux cents mètres d'ici… Je voulais dire qu'il faisait les cent pas… Enfin, il avait l'air d'attendre quelqu'un. Pardonnez-moi, monsieur d'Assas mais il a vraiment une sale gueule ! J'ai fait demi-tour pour aller chercher mes deux agents qui font toujours le pied de corneille comme vous dites…
-Pour madame Perrez, il ne pouvait pas y avoir de grues dans ce quartier… Question de standing ! se dit Guillaume attendant avec délectation la suite de l'histoire ;
« Ils n'ont rien voulu savoir. Ils devaient rester devant l'immeuble pour garder l'arabe du sixième qu'ils m'ont dit. Des fainéants… et rien d'autre ! »
« Pourriez-vous demander à votre ami le serrurier de changer le verrou de mon appartement. Mes visiteurs en ont peut-être pris des empreintes. Ce serait plus prudent. Tenez, madame Perrez, je vous donne mon trousseau. Faites changer le vôtre en même temps. Je passerai le régler demain. »
« Il doit pouvoir venir en fin de matinée. Il n'a pas trop de travail actuellement… »
« Un serrurier sans travail ? C'est curieux…mais bien utile ! »

Se dit Guillaume qui savait que ce monsieur était l'actuel petit-ami de la concierge. Il avait faim ; il prit la direction le premier bistrot qui servait encore des croissants frais à cette heure tardive.

Paris, le 7 avril 13 heures

Sophie avait mal dormi. Les mises en garde de Guillaume, l'agression de la vieille dame de Pont-Audemer, l'impression réelle ou imaginée d'être suivie finissaient par la rendre nerveuse. Passer quelques jours à Versailles eut été raisonnable mais elle ne voulait pas suivre les conseils de Guillaume de peur que ses parents n'aient à subir le contrecoup de la vindicte de l'Asiatique. Ils étaient âgés et fragiles et ne pourraient supporter la moindre violence. Aller chez une amie la forcerait à raconter ce qu'elle considérait alors comme un fait divers. Si elle devait dévoiler cette histoire rocambolesque, elle risquait de passer pour une douce illuminée. Toutes ses copines connaissaient sa liaison avec Guillaume connu pour ses romans policiers. Elle entendait déjà les sarcasmes de certaines relations et savait qu'elle ferait les frais de plaisanteries sans fin !

Sophie fera donc face à l'adversité chez elle à Paris. Malheureusement, elle ne pouvait rester enfermée indéfiniment dans son appartement. Elle avait besoin de bouger et de s'alimenter, besoin de faire son jogging matinal au bord du lac du bois de Boulogne, de voir du monde et de faire du shoping. Passe pour une petite retraite de quelques heures avec un bon bouquin mais rester sans se dépenser plusieurs jours, lui paraissait au-dessus de ses forces !

Vers dix heures, elle fut tirée de ses réflexions moroses par un coup de téléphone. Sans doute Guillaume… Tonalité occupée... Ce genre de mauvais appel était fréquent. Agacée, elle raccrocha.
- Je vais faire un tour chez Ahmed, se dit- elle, pour acheter quelques fruits et de quoi me nourrir…
Ahmed était son épicier arabe qui tenait boutique à cinquante mètres de chez elle. Sophie enfila un imperméable et prit ses deux plus grands paniers, bien décidée à faire le plein de son réfrigérateur pour tenir un siège de plusieurs jours.
L'ascenseur était occupé.
- Encore quelqu'un qui a oublié de fermer la porte.

Trois étages à descendre à pieds n'était pas vraiment un problème. L'escalier était assez sombre, seulement éclairé par des fenêtres donnant sur une petite cour. Arrivée au deuxième palier, Sophie se retourna et vit à deux mètres derrière elle, un homme qui la suivait sans bruit. Brusquement elle eut peur et voulut crier. L'homme la ceintura. Sophie se débattit, lâcha ses paniers, donna des coups de pieds et hurla.

Pendant ce temps Guillaume s'attablait dans sa brasserie habituelle. Il commanda un café et se plongea dans le Figaro. Ses affaires n'intéressaient plus aucun journaliste. Tout en mangeant des croissants, qu'il trouva un peu mous, il pensa à Brigitte dont il était sans nouvelles. Il devait absolument repasser par son appartement pour essayer de la joindre.
- A cette heure, elle doit être revenue de son jogging.
Pensa-t-il en parcourant son journal. Il éprouvait une impression de malaise, sans en comprendre la raison. Madame Perrez avait vu Thanarat traîner dans le quartier. Les Allemands aussi ne devaient pas être bien loin.

En bon stratège, il devait mettre ses poursuivants en confrontation pour qu'ils s'autodétruisent. Mais comment faire ? Guillaume avait déjà récupéré les trois clefs qu'il gardait sur lui mais c'était insuffisant. Il fallait semer la zizanie dans les clans adverses. Mais allaient-ils gober ses histoires ?
La rue lui parut calme. Madame Perrez devait être dans les étages. À peine arrivé chez lui, qu'il entendit le téléphone sonner.
« Si tu veux récupérer la fille en entier, tu rends les documents ce matin. Sinon, je te l'envoie par petits morceaux. Pareil si tu préviens la police ! »
La communication était coupée. Guillaume dut s'asseoir. Les jambes molles, il éprouva une sorte de vertige. Il n'avait pas prévu une action aussi rapide de l'un de ses adversaires !
- Mais d'où venait cette communication ?
Complètement démuni et regrettant de ne pas avoir fait plus tôt confiance à Étienne, il l'appela sur sa ligne directe… Sans succès... Sur son portable. Personne ! Mais qu'est-ce qu'il foutait bon sang ?
Puis il se rassura.

- Étienne m'a promis de protéger Sophie en assurant auprès d'elle une surveillance discrète. Et si elle avait été kidnappée ce matin quand elle faisait son footing au bois de Boulogne ? Les flics ayant pour consigne d'être discrets ne l'auraient pas suivie au pas de course dans les allées du bois ! Et si tout simplement, Thanarat lui avait fait le coup du facteur, une ruse aussi vieille que le cheval de Troie. Dans ce cas elle pouvait être séquestrée chez elle !

- Qu'est-ce que je dois faire ? se demandait-il ? Rendre la liasse de documents ce matin à l'asiatique ? Mais après ? Thanarat n'hésitera pas une seconde : il nous exterminera tous les deux dès qu'il aura les papiers en poche ! Et en plus par stupidité, je deviendrai le complice de ces trafiquants ! Ce n'est pas le moment de paniquer mais celui de me montrer plus malin que ces ignobles salauds !

La menace téléphonique lui revint précisément en mémoire. Thanarat n'avait pas spécifié un lieu de restitution des documents. Il devait donc rôder dans le quartier. Dépendant de l'ambassade pour une période limitée, il vivait forcément à l'hôtel. Il lui était donc impossible d'y séquestrer Sophie ! Il devait avoir prévu un endroit pour la garder et un complice pour la surveiller.

Guillaume ne pouvait pas rester chez lui en attendant la suite des évènements. Attaquer devait être sa meilleure défense. Il devait contacter le Thaïlandais. Il savait cette manœuvre risquée, mais en sortant, il pourrait peut-être obtenir des renseignements. Pourvu que la surveillance discrète promise par Étienne n'ait été pas une vaine promesse.

Les deux agents gardaient toujours l'immeuble ; la concierge nettoyait encore son escalier ; la rue était calme.
A l'angle de la rue des Fossés Saint Jacques et de la rue Saint-Jacques, Guillaume se heurta à une voiture garée sur le trottoir. Il s'apprêtait à contourner cet obstacle imprévu mais fréquent quand la porte du véhicule s'ouvrit lui barrant complètement le passage. Un gros type en sortit brusquement.
« Entrez donc monsieur d'Assas. Nous avons à vous parler ! »
Guillaume tenta de s'esquiver. Il reçut un coup brutal dans le dos. Carola Shutz, pointait sur lui un Luger. Elle le poussa dans la voiture.
« Ne faites pas d'histoires. Vous ne verrez pas d'inconvénient à ce que nous fassions une petite ballade de santé pour vous rafraîchir la mémoire. »
« Je viens justement de vous écrire pour vous dire que je compte partir cet après-midi à Rupt pour retrouver ce foutu tableau… Demandez donc à la… »
Un coup brutal sur la tête l'assomma avant qu'il n'ait pu terminer sa phrase.

Paris, 7 avril 11 heures 15

Sophie n'avait pas eu la force de se débarrasser de son assaillant. Il l'avait purement et simplement assommée et traînée par les aisselles jusqu'à son palier. Fouillant dans son sac, il avait pris ses clefs et ouvert la porte de son appartement. Après dix minutes d'évanouissement, Sophie réalisa avec difficulté ce qui lui était arrivé. Elle ne pouvait pas crier : sa bouche était collée par un énorme sparadrap ; elle ne pouvait bouger qu'avec difficulté : ses poignets et ses chevilles avaient été ligotés. Elle avait mal sur un côté du crâne et l'estomac au bord des lèvres…
Des pensées en vrac lui revinrent :
- Je ne dois pas être belle à voir… Guillaume avait raison… Mais pourquoi m'a-t-il entraînée dans une histoire pareille ?
Son raisonnement se structurait à nouveau petit à petit. Elle se disait que si elle ne pouvait pas crier et bouger, elle pouvait toujours voir et écouter. Dans un coin du salon, entre ses paupières mi-closes, elle aperçut trouble un type qui regardait par une fenêtre. Manifestement, il attendait quelque chose. Sans doute un coup de fil sur un portable car Sophie entendit une sonnerie différente de celle de son téléphone.
« Allo… Oui j'ai la fille… Ne rien faire pour l'instant ? Dans combien de temps… Tu me rappelles. Ok … »

L'homme se leva et vint vers Sophie.
« Qui est ce type ? Il n'a rien d'un Asiatique ! »
Se dit Sophie en le voyant approcher d'elle.
En passant devant la glace du salon, il se regarda, s'arrêta, sortit un peigne de sa poche et se recoiffa.
« Ce doit être un homosexuel… »
Se dit-elle et sa déduction curieusement la rassura…
Il s'approcha, vérifia d'un coup d'œil l'état des liens et repartit s'asseoir sur un fauteuil près de la fenêtre. Il sortit de sa veste un couteau à cran d'arrêt, déploya la lame et se mit à se curer les ongles de la main gauche.
Guillaume se réveilla mais garda les yeux fermés. Il était couché sur la banquette arrière de la voiture, la tête coincée contre la cuisse gauche de Carola. Elle tenait son arme de la main droite. Reinberger conduisait.
Guillaume reprenait doucement conscience. L'esprit dans le brouillard, il perçut une conversation en allemand qu'il comprenait médiocrement.
« Prend la direction de Rouen. Sort avant le péage de Mantes à Bonnières. Tu iras vers Pacy-sur-Eure… Après je te guiderai… J'ai vérifié, la maison est sûre… Ne doit servir que le week-end… En dehors du village…complètement isolée… A plus d'un kilomètre… Facile d'ouvrir la porte… En dehors de la route… Jardin…pour trouver…indiquerai… »

Fatigué, Guillaume sombra à nouveau dans une sorte de léthargie. Il reprit conscience. Il avait envie de vomir ; il avait trop chaud et commençait à gesticuler. Ses mains étaient ligotées et ses chevilles liées. Autant renoncer à ouvrir la porte pour essayer de sauter. La voiture roulait en direction du pont de Saint-Cloud. La circulation était relativement fluide.
« Tenez-vous tranquille. Ça serait dommage de vous assommer une deuxième fois… deux fois de suite… on dit que ça laisse des séquelles. Rienberger dit en rigolant :

« Il ne vaut mieux pas vous rendre idiot avant de vous faire parler…Ja… Ne pas brouiller la mémoire… Primordial ! »
Le ronronnement du moteur, la chaleur et un besoin de dormir qu'il ne contrôlait pas finirent par avoir raison de sa volonté. Au bout d'un temps indéterminé, Carola le secoua :
« Debout… Nous sommes rendus. Aller plus vite. Debout ! »
Tiré brutalement de la voiture, Guillaume n'arrivait pas à tenir sur ses jambes. Il tomba. Carola s'énerva, Reinberger le tira par l'épaule et le mit à genoux.
« J'ai dû y aller un peu fort sur le somnifère… »
« T'n'inquiètes pas… Une bonne gifle le remettra sur pieds… »
Guillaume respira profondément. L'air sentait la campagne avec des relents d'herbe foulée. Comme il ne pouvait pas marcher, Carola lui dénoua les chevilles mais l'immobilité avait été trop longue. Guillaume retomba sur le chemin boueux qui menait à une maison dont il aperçut le palier. La femme cria et l'injuria en allemand. Guillaume avait du mal à se remettre debout les bras ligotés dans le dos. Il finit par y arriver et parvint en titubant à passer le seuil de la maison. La porte avait été forcée au pied de biche, la serrure arrachée.
Guillaume n'avait aucune notion de l'heure… A l'intérieur, il faisait sombre. Les volets étaient fermés. Reinberger se cogna dans un meuble et jura. Il trouva le compteur électrique et rétablit le courant puis il engueula Carola qui n'avait rien prévu pour déjeuner. Guillaume en conclut logiquement qu'il devait être aux environs de quinze heures.

Paris, 7 avril 11 heures 30

Sophie, couchée sur sa moquette depuis plus d'une heure finissait par avoir des crampes. Son agresseur, nerveux, faisait les cent pas, allant d'un bout à l'autre de l'appartement en grommelant. Elle en déduisit qu'il trouvait le temps long. Il n'y avait pas eu d'autre appel téléphonique et manifestement, il s'impatientait.

Quelqu'un sonna à la porte.
« C'est un colis recommandé pour vous mademoiselle… »
Entendit-elle. Son agresseur avait sorti une arme de sa ceinture. Il avait l'air inquiet et se planqua dans un coin de la pièce.
« C'est le facteur, mademoiselle… La concierge m'a dit que vous étiez chez vous. »

Sophie perçut un léger bruit provenant du fond de l'appartement. L'homme ne semblait pas l'avoir entendu. Elle pensa à de la porte de service. Quelques secondes plus tard, deux policiers firent irruption dans son salon, pointant leurs révolvers sur son agresseur.
« Lâches ton arme et à terre… »
Un bref instant, Sophie fut le témoin d'une scène qu'elle n'avait jamais vue qu'au cinéma. Elle aurait aimé applaudir quand elle vit

son kidnappeur poser doucement son arme sur la moquette et se coucher sans protester mais elle avait toujours les mains liées et son sparadrap sur la bouche.

Tout se déroula sans cris, comme au ralenti ! Un des deux hommes se pencha sur elle, dénoua ses liens et la débarrassa de son bâillon d'un geste sec.
Sophie eut mal sur le moment mais elle pensa avec humour que si ses dents avaient adhéré au sparadrap, elle aurait dû porter plus tard un dentier ...

Un des deux policiers alla ouvrir la porte d'entrée, laissant le passage à plusieurs personnes. La plus âgée vint vers elle et se présenta :
« Commissaire Étienne Lehu. Je suis un ami de Guillaume… »
« Il m'a parlé de vous. Merci pour votre intervention. Je commençais à paniquer. Ce type… attendait manifestement un coup de téléphone depuis plus d'une heure et commençait à trouver le temps long… Vous avez des nouvelles de Guillaume ? »
« Il est parti de chez lui vers onze heures ce matin d'après sa concierge. Depuis plus rien… »
« Vous a-t-il parlé de son Thaïlandais… ? »
« Oh oui et ce n'est pas pour me rassurer ! Mais s'ils s'étaient rencontrés, votre agresseur aurait reçu depuis longtemps le coup de téléphone qu'il attendait. Dans quel pétrin s'est-il encore fourré ?

Saint-Chéron, le 7 avril vers 16 heures

Guillaume toujours ligoté avait été poussé dans une pièce sombre. Carola et Reinberger l'avaient laissé mariner dans son incertitude, Il avait réussi à s'asseoir. Ses agresseurs lui avaient enlevé sa veste. Il avait froid. Il les entendait discuter dans l'entrée de la maison et le dialogue qu'il percevait lui faisait penser qu'ils ne vivaient pas l'amour parfait. Bref, ils s'engueulaient depuis un bon quart d'heure. Le son de leur voix était trop étouffé pour que Guillaume puisse en saisir le sens.

La porte s'ouvrit brutalement. Reinberger paraissait hors de lui. Guillaume comprit qu'il avait faim et soif.
« Nous devons en finir vite, herr d'Assas. Qu'avez-vous fait du tableau ? Ce n'est pas la peine de raconter d'histoire. Il n'était plus à Rupt. Hantz l'aurait trouvé. C'est lui qui l'a caché et il avait de la mémoire… »
« La maison est grande et il n'a sûrement pas eu le temps. Je ne sais même pas s'il est à Paris, dans quel meuble il a été caché. Venez chez moi… »
« Arrêtez de vous foutre de ma gueule ! Pour y trouver les flics peut-être ? »
Reinberger sortit de sa poche les deux clefs de consigne.

« Vous en faites collection ? Dans quel coffre est le tableau ? »
« J'y ai déposé ma valise avant de partir à Rupt ! »
« Vous avez beaucoup de bagages pour une soirée ! Je vais vous apprendre une méthode imbattable pour faire parler les têtus comme vous. J'ai un peu perdu la main depuis la guerre. Mais ces choses-là ne s'oublient pas... »
Il fouilla dans sa veste et en sortit un gros cigare qu'il alluma tranquillement.
« Le tabac, rien de tel pour redonner de la mémoire ! »
Il se mit à hurler :
« Dans quelle consigne avez-vous planqué le tableau ? Celle-ci ou celle-là ? »
« Je ne comprends pas ! Mes bagages pour… »
L'allemand tira une grosse bouffée de fumée qu'il l'envoya dans la figure de Guillaume.
« La température de combustion est presque de mille degrés. Placée entre les deux yeux, ça aide à se souvenir… »
Il partit d'un gros rire.
« Après on déplace vers la droite ou vers la gauche… Suivant l'humeur… »
Guillaume se rendit compte que cette sinistre brute ne bluffait pas.
Pour se mettre en forme, l'allemand retourna Guillaume sur le ventre et posa le bout incandescent de son cigare sur le dos de la main de Guillaume qui se mit à crier.
Carola regardait mais se taisait. Sa présence agaça Reinberger qui aimait travailler en solo. Il n'avait pas bu depuis ce matin. Il avait besoin d'alcool.
Il se mit à hurler :
« Tu n'as rien d'autre à foutre ? »
Comme elle ne répondait pas, il éructa :
« Va à Pacy chercher de la bière et du vin et ramène de quoi bouffer !
Carola protesta : »

« T'es assez gros comme ça. Passe-toi de boire pour une fois et finis ton travail… »
Reinberger devint fou de rage. Il prit les clefs de la voiture dans sa poche et les lança en direction de Carola qui les attrapa au vol.
« Je vais m'occuper de monsieur. Il va parler… et vite ! »
« Je ne suis pas ta bonne ! Si tu as soif, vas-y toi-même…
Manifestement Reinberger avait soif. Il arracha les clefs de la voiture des mains de la femme et sortit de la pièce en hurlant !
« J'y vais mais quand j'en aurai fini avec ce type, je vais sérieusement m'occuper de toi ! »
Guillaume, proche du malaise, chercha à faire diversion :
« Vous ne pourriez pas ouvrir la fenêtre ? On manque d'air ici ! »
« Ta gueule, t'en auras bientôt plus besoin. Profite de l'air ambiant ! »
Reinberger partit en claquant la porte. Guillaume n'était pas plus rassuré pour autant.
Leur attente se prolongea une demi-heure heure. Guillaume les poignets endoloris par ses liens, éprouvait une douleur de plus en plus lancinante à sa main brûlée.
« Déliez-moi les mains, il faut que j'aille pisser. Vous ne prenez pas de risque. Vous êtes armée ! »
Son automatique était posé à côté de sa main sur un guéridon.
« Retenez-vous ! »
« Je ne peux pas, aidez-moi ! J'ai les mains liées dans le dos, comment voulez-vous que je fasse. Libérez au moins la droite ou servez-moi d'infirmière ! »
Cette proposition n'avait vraiment pas l'air d'enchanter l'Allemande. Elle hésita puis demanda à Guillaume de se coucher par terre sur le ventre. Il s'exécuta. Son arme dans la main droite et un genou sur son dos, elle le délia de la main gauche. Les nœuds étaient serrés mais elle finit par les défaire en jurant car elle s'était cassé un ongle. Méfiante, elle se releva rapidement et recula en gardant son arme pointée sur lui.
Il frotta ses poignets endoloris et demanda où étaient les toilettes.

« C'est la deuxième porte dans l'entrée. Si vous tentez de vous barrer, je vous abats. J'n'en ai rien à foutre de ce tableau ! Vous laisserez la porte ouverte pour que je… »
Le bruit d'un moteur de voiture attira leurs attentions. Reinberger revenait de Pacy-sur-Eure. Il avait déjà largement entamé une bouteille de vodka et éclusé trois canettes de bière. Carola surveillait Guillaume, pointant son arme dans son dos. La porte d'entrée s'ouvrit d'une violente poussée :
« Je vois, on sympathise avec le cochon de français ! ... »
Un besoin urgent lui répondit Guillaume.
« Là où tu vas aller, tu n'en auras plus besoin du tout ! » lui répondit Reinberger, en hurlant. Manifestement il avait déjà copieusement étanché sa soif.
Guillaume sortit des toilettes. Brusquement poussé, il s'étala dans le salon. Carola lui renoua les mains dans le dos. Une colère sourde lui montait à la tête. Il essaya de se relever mais l'allemand le repoussa brutalement.
-Surtout ne pas donner prise à cette brute avinée…-
Pensa-t-il. Avec difficultés, il réussit tout de même à s'asseoir.
« Alors herr d'Assas, où as-tu mis le tableau ? »
« Je vous le répète pour la dixième fois, je ne l'ai pas encore trouvé. J'en ai marre de cette histoire et je m'en fous de votre croûte ! Il est sûrement resté à Rupt ! »
« Tu mens, sale cochon ! »
Avec contorsions, il sortit pour la deuxième fois des poches de son pantalon les deux clefs de consigne et la clef du coffre.
« T'es muet ? J'adore ! J'en ai connu d'autres pendant la guerre. Tu vas comprendre. »
Reingerger prit un nouveau cigare, l'alluma et l'approcha des yeux de Guillaume.
« On va te faire chanter mon salaud. Tu l'auras voulu… »
Guillaume hurla :
« Laissez-moi parler… La première qui porte un numéro pair vient de la consigne de la gare de l'Est, celle avec un numéro impair de Montparnasse.

La troisième qui n'a pas la même forme est la clef de mon coffre à la banque de la Société Générale, boulevard Haussmann… »
« L'oiseau commence à chanter… Où est le tableau ? Tu ne l'as pas mis en trois morceaux ! »
« Gare Montparnasse… »
« Qu'est-ce qui me le prouve ? »
« Rien ne vous empêche d'aller voir ! De toute façon, qu'est-ce que j'en ai à foutre ! »
Reinberger interpella Carola :
« On n'a pas de temps à perdre. File à Paris. Je m'occupe de lui ! »
Carola n'était pas d'accord.
« Tu conduis plus vite que moi et je me paume dans Paris. Vas-y-toi même !
Reinberger, excédé, savait que Carola connaissait mal Paris et qu'elle allait perdre du temps.
« Et s'il t'avait raconté des histoires… ! »
« Je peux te dire qu'il le regrettera à mon retour. De toute façon tant qu'on le tient, il n'y a pas de risque ! »

Avant de partir, l'allemand vida d'un trait une canette de bière et claqua la porte.
La longue attente recommençait.
« Il faut que je retourne aux toilettes. Déliez-moi les mains comme tout à l'heure. »
Carola finit par s'exécuter en râlant.
« Ne faites pas l'imbécile ! Je vous tirerai dans les jambes, ça vous ôtera votre envie de… »
Carola n'eut pas le temps de finir sa phrase. Une courte rafale d'un pistolet mitrailleur fit voler en éclats le volet et la vitre de la fenêtre. Tous les deux se jetèrent à terre, ne comprenant absolument pas l'origine de cette fusillade. Un deuxième tir au son plus grave fit exploser une lampe posée sur une table. Guillaume rampa jusqu'à une porte. Il voulait s'éclipser.

Carola se plaqua dans un angle du mur, cherchant à apercevoir, par la fenêtre, le ou les assaillants. Puis posément, elle tira. La nuit commençait à tomber rendant la visibilité médiocre. Guillaume vit devant lui une porte fermée. Sans trop se relever, il parvint à saisir la poignée et à l'ouvrir. Les tirs étaient de plus en plus nourris. Il faisait noir dans une pièce totalement sombre.
Il referma la porte derrière lui et se cogna dans une table. Il devait se trouver, à l'arrière de la maison, dans la cuisine. À tâtons il trouva la clenche d'une fenêtre. Il essaya de l'ouvrir. Elle était bloquée. Dans le noir il heurta une chaise. Il la saisit par le dossier et l'envoya à toute force dans la vitre qui vola en éclats. Le volet ne fut pas difficile à ouvrir. Les armes faisaient un bruit assourdissant : le tir saccadé de deux armes automatiques et dans la pièce voisine, le bruit sourd et irrégulier du pistolet de Carola.

Dehors, il faisait nuit. Les Allemands lui avaient retiré sa montre. Guillaume pensa qu'il devait être aux environs de six ou sept heures. Il sauta par la fenêtre, se coupa la paume de la main sur des éclats de verre et s'étala de tout son long dans l'herbe. Il se redressa et se mit à courir, droit devant lui.

- Pourvu que le jardin ne soit pas clôturé par un mur...se dit-il.
Il ne voyait pas grand-chose, si ce n'est une lisière sombre qui se découpait sur le ciel. Brusquement il fut stoppé par une douleur brûlante à la jambe droite. Il s'arrêta. Sans la voir, il venait de se prendre dans une clôture de fils de fer barbelés. Derrière lui, il entendait de nouvelles détonations. Une des deux armes à cadence rapide s'arrêta.
- Un de moins. Carola a sûrement fait mouche…
Guillaume se débarrassa de la clôture, l'enjamba. L'herbe avait fait place à un champ labouré. Pourtant il devait courir. A cinquante mètres, il crut apercevoir des arbres. Il sauta un talus, s'étala, se releva. Il glissa sur la terre humide, s'étala à nouveau et parvint à la lisière d'un bois. Ses yeux étaient maintenant habitués à l'obscurité. Il sentit sous ses pieds un sol plus ferme.

Ce doit être un chemin. Pensa-t-il…
Sans réfléchir, il prit le sentier vers la gauche.
Guillaume se rendit compte qu'il n'entendait plus de tirs et que ce silence n'était pas forcement de bon augure. Il ne savait même pas qui étaient les assaillants et n'avait pas la force de structurer sa pensée.
- Il y a forcément un survivant. Mais qui ? De toute façon, je deviens la nouvelle cible. Je dois me planquer se dit-il !
Une tache de lumière se déplaçait maintenant dans le jardin qu'il venait de quitter. Quelqu'un était parti à sa recherche.
- Courir mais vers où ? S'éloigner, sûrement mais sans laisser de traces…
Guillaume pénétra dans le bois qui longeait le chemin, percuta un arbre et décida de se coucher pour observer les mouvements de son poursuivant.
La tache lumineuse se déplaçait suivant manifestement le chemin qu'il avait parcouru. Arrivé au chemin, son poursuivant hésita. Il s'arrêta à une trentaine de mètres de lui, éclaira la lisière du bois puis de droite à gauche en suivant le chemin.
Guillaume vit avec soulagement, la tâche de lumière se déplacer vers la maison

Paris le 7 avril, 20 heures

Le commissaire Etienne Lehu était un homme ponctuel. Il arriva rue des Fossés Saint Jacques un peu avant vingt heures. Il en voulait à Guillaume de l'avoir laissé sans nouvelles et de ne pas s'être préoccupé du sort de Sophie. Il s'inquiétait pourtant de ce silence, contraire, lui avait dit la jeune femme, à son habitude.
La traduction de la première feuille du document remise par Guillaume ce matin au cours de leur balade dans Paris laissait prévoir une suite explosive.

C'était la photocopie d'une lettre manuscrite d'un certain colonel Tabinshehti, attaché au ministère de l'Intérieur du gouvernement militaire de Birmanie, datée du 15 janvier 2010 ; il acceptait le transfert par son pays de deux tonnes d'héroïne raffinée et de six tonnes d'opium brut en provenance de la région de Hong-Son, au nord de Chiang Maï. Cette missive devait comporter plusieurs pages car elle se terminait sur une phrase tronquée. Plusieurs annexes étaient évoquées dans le texte qui était classé Secret Défense. Cette lettre était adressée à un membre important du cabinet militaire du roi de Thaïlande, le général Seni Thanom. D'après l'expert du quai des Orfèvres, le document semblait authentique. Il s'agissait d'un transfert vers l'Europe ou les États unis ; il y avait donc urgence. Le bureau des stupéfiants de la PJ informée dès ce matin corroborait différentes informations et en particulier le nom et le rôle du colonel Tabinshethi considéré comme l'un des responsables du trafic de drogues en provenance de l'Asie du sud-est.

- Pourquoi Guillaume s'est-il obstiné ? Il devait avoir peur pour Sophie mais sa prudence…
Lehu se rendait compte que Guillaume détenait tout le dossier depuis trois jours mais qu'il n'en connaissait l'importance que depuis l'avant-veille au soir quand son ami polonais lui en avait fait une traduction rapide. Il ne pouvait cependant pas imaginer que l'affaire Zimmerman soit venue interférer dans ses démêlés avec Thanarat. Rien ne le laissait prévoir d'autant plus que dans sa longue carrière, il n'avait jamais connu un tel télescopage.
Madame Perrez l'intercepta dans le hall. Elle se méfiait de toutes têtes nouvelles.
« Vous désirez voir monsieur d'Assas ? De la part de qui ? »
Étienne lui montra sa carte tricolore.
« Commissaire Etienne Lehu… »
« Le professeur est parti depuis ce matin. Il a quitté l'immeuble vers les onze heures. Depuis, je ne l'ai pas revu. Il doit être avec mademoiselle Sophie. Je peux vous donner son adresse si vous voulez…
« Merci, ce n'est pas la peine, je la connais. Pourriez-vous me prévenir sur mon portable si monsieur d'Assas revenait ce soir chez lui. Il est très important et urgent que je le voie. »
Étienne lui tendit une carte de visite et repartit vers le quai des Orfèvres.

Saint-Chéron, le 7 avril 20 heures

Guillaume toujours couché à la lisière du bois, commençait à avoir très froid. Il devait marcher pour se dégourdir les jambes et surtout s'éloigner de cet endroit dangereux. Il ne connaissait pas le nombre de ses agresseurs et s'ils revenaient plus nombreux, ils pourraient facilement le débusquer de sa cachette.
Guillaume suivit le sentier sans savoir où il allait.
- Les Allemands m'ont enlevé vers onze heures trente, ce matin. Reinberger a dû rouler plus d'une heure. Carola, si ma mémoire est bonne, a parlé de Pacy-sur-Eure qui est à environ cent kilomètres de Paris…
La pluie commençait à tomber. Il déboucha sur une petite route.
- Aller à droite ou à gauche ? Va pour la gauche !
Il aperçut une lumière à travers les arbres. Ce devait être une ferme. Un chien aboya. Au loin des phares éclairaient la route. Guillaume rentra dans le bois qui longeait la route et se mit à plat ventre. Quelques secondes après, il vit passer une Mercedes blanche qui roulait à vive allure. Il n'eut pas le temps d'apercevoir le conducteur mais la couleur blanche la voiture lui rappela celle qu'avait utilisée Thanarat en Normandie.
C'était donc lui qui avait attaqué la maison. Il aurait donc suivi Reinberger depuis Paris.

- Il devait m'attendre ce matin près de l'appartement mais les Allemands ont été plus rapides que lui. Il n'avait donc plus qu'à les suivre !
Guillaume retrouvait une certaine logique que le somnifère de Carola et la brutalité de Reinberger avaient sérieusement entamés.
- Mais pourquoi, a-t-il-mis autant de temps avant de commencer les hostilités ? se demandait-il.
- Il a sans doute fait venir du renfort, sachant qu'il ne pourrait seul venir à bout des deux allemands.
La pluie diminuait d'intensité, laissant par instant passer la lumière blanchâtre de la lune. Guillaume marchait au hasard sur la route détrempée. Nouvelle alerte. Il s'agissait cette fois d'un camion. Il n'eut pas le temps de se relever pour tenter de l'arrêter. Il continua son errance, un peu découragé, tout en suivant son raisonnement pour ne pas trop déprimer.
« Donc… Voyant Zimmerman quitter la maison, Thanarat sait que le rapport de force s'inverse. Le Thaïlandais n'a plus qu'à passer à l'assaut ! Combien étaient-ils ? Au moins deux avec des armes différentes… »
« Enfin une baraque dont une fenêtre laissait passer un peu de lumière. » Guillaume trouva une porte, un peu en retrait de la route, donnant sur un petit jardin. Il sonna ; la lumière s'éteignit. Il recommença… sans plus de résultat.
- La nuit en rase campagne, les gens se méfient… normal !
Se dit Guillaume qui repartit à la recherche d'un meilleur accueil. Un rayon de lumière lunaire éclairait au bord d'un croisement un panneau de signalisation routière : Gandencourt, 1,4 kilomètre, Villegats : 2,6 kilomètres.
- Me voilà bien avancé. Se dit Guillaume qui ne connaissait pas la région.
- Va pour Gadencourt, c'est plus près…
Cent mètres plus loin, il découvrit une nouvelle maison. Il sonna. Un chien aboya. Il entendait une voix de femme dire en criant :
« Pierre, va donc voir qui c'est ! »
Les volets d'une fenêtre du premier étage s'entrouvrirent.

« Qu'est-ce que c'est ? »
« J'ai eu un accident de voiture à un kilomètre environ. Si vous avez le téléphone, j'aimerai appeler un garage pour avoir une dépanneuse ? »
« Allez à Gadancourt, il y a une cabine de téléphone sur la place. Vous trouverez dans six cents mètres à peu près ».
« Merci, mais… »
Le volet s'était refermé et Guillaume entendit la femme crier ;
« Qui s'était ?...
Guillaume continua vers le village. La pluie s'était arrêtée. Sa jambe blessée par les barbelés lui faisait mal. Il y avait bien une cabine sur la place de Gadancourt. Elle ne fonctionnait plus depuis que des voyous avaient arraché le combiné ; de toute façon, dépouillé par les Allemands, il n'avait plus un centime vaillant en poche. Il trouva un nouveau panneau : Anet 15 kilomètres, Pacy-sur-Eure, 4 kilomètres. La situation se clarifiait d'autant plus que la route était plus passante que celle qu'il venait de quitter. Pour être vu, Guillaume se plaça sous un réverbère et commença à faire du stop… Sans aucun succès.

A bien y réfléchir, il trouvait que c'était désagréable mais assez normal : il était trempé, le pantalon déchiré, la main entourée d'un mouchoir qu'il avait mis pour arrêter le sang de couler et les cheveux hirsutes ! Que ferrait-il au volant de sa propre voiture ? Honnêtement, il passerait son chemin…

Paris, le 7 avril 21 heures 30

Hantz Reinberger, après son départ de la maison d'Hécourt, avait pris la route de Paris, furieux de la résistance et du temps perdu avec le français. Les clefs de consigne devraient lui permettre enfin de retrouver ce qu'il cherchait en vain depuis plus de six mois. Il était persuadé que la peur avait eu raison de sa résistance.
- Tous des petits malins, pensait-il, qui font les fortiches devant les femmes mais qui se couchent dès qu'on les secoue un petit peu. Dès que j'aurai récupéré le tableau, je file en Espagne. Tant pis pour Carola… Elle saura bien se démerder avec ce d'Assas. Elle finit par devenir gênante…
Il connaissait bien Paris pour y être resté deux ans pendant la guerre.
- C'était le bon temps ! pensait-il en remontant le boulevard Raspail. Zimmerman était bien content de profiter des bonnes affaires de son pote Hantz, toujours à le suivre pour se servir dans les appartements désertés de ces sales juifs … Pour le tableau, les propriétaires ne risquaient pas de réclamer… Départ pour Auschwitz en juillet 1944. Tous cramés ! Ils ne risquaient pas de venir réclamer ceux-là !

Tout en roulant, il avait fini la bouteille de vodka. Il se sentait en forme mais devait faire attention à ne pas se faire repérer par les flics.
Par chance, arrivé près de Montparnasse, Reinberger trouva une place à une centaine de mètres de l'entrée de la gare. Il grimpa les escaliers avec peine, râlant contre les escalators en panne, alla vers la consigne. Il s'apprêtait à ouvrir le coffre numéro vingt et un, quand il aperçut une patrouille de militaires en armes qui se dirigeait vers lui. Le raisonnement un peu brouillé par l'alcool, Reinberger hésita. Il se retira vers une buvette puis attendit que les militaires soient passés. Il revint vers la consigne ; deux gendarmes se postèrent alors à vingt mètres de lui pour contrôler l'identité de certains voyageurs. Il hésita une fois encore mais finalement se décida à ouvrir le coffre. Vide ! Il jura en allemand comme un charretier, tellement fort que des passants se retournèrent !
- Ce salaud de français m'a raconté des histoires ! Il a peut-être mis le tableau à la consigne de la gare de l'est ou dans son coffre à la banque ? Comment savoir ? Il va me le payer très cher ce porc ! Je vais le faire parler et le soigner tellement qu'il va mettre des heures à mourir ce fumier !

Reinberger retourna à sa voiture. Il trouva une contravention glissée sous le pare-brise. Devant le regard incrédule de l'agent verbalisateur, il la déchira et la jeta sur le trottoir. La rage au ventre il se dirigea vers la gare de l'Est. Même opération… même déception ! La colère de Reinberger n'avait plus de limites. Adieu le voyage en Espagne ! Il devait retourner à Saint Chéron. La circulation était très fluide et il arriva vers vingt-trois heures. De loin, il aperçut les lumières de la maison allumées à giorno.
- Carola est complètement folle ! Pourquoi ne pas inviter les voisins à prendre un pot tant qu'à faire !
Tout était silencieux. Arrivé à l'entrée du jardin, il buta sur un corps allongé en travers du chemin dans une mare de sang. Du pied, il le retourna.

- Je ne connais pas ce type ! Qu'est-ce que c'est que cette histoire ?

Il régnait à l'intérieur un désordre indescriptible. Les murs étaient constellés d'impacts de balles, les fenêtres broyées. Carola était affalée dans le coin de fenêtre, une balle en plein front ! Il éprouva simplement de la haine pour sa compagne qui n'avait pas su garder son prisonnier ! D'Assas avait disparu, sans doute enlevé par les assaillants. Il se souvint alors que le français l'avait prévenu que d'autres que lui recherchaient le tableau. Il s'était fait doubler…

Gadencourt, 22 heures 30

Guillaume avait de plus en plus froid. Il mourrait de faim. Il n'avait pas mangé depuis le matin et pour se réconforter rêvait d'une monstrueuse choucroute garnie, arrosée d'un demi-litre de bière.
Quelques voitures passaient. Personne ne ralentissait ; manifestement, il faisait peur. Venant de sa droite, arriva un camion semi-remorque obligé de ralentir dans la traversée du village. Risquant le tout pour le tout, Guillaume se planta au milieu de la route, les bras en croix, obligeant le camion à s'arrêter. Le chauffeur eut peur devant cette apparition inattendue. Il se pencha vers Guillaume pour l'engueuler :
« Vous êtes complètement fou ! La route est glissante et j'aurai pu vous renverser ! Que voulez-vous ? »
« Je viens de me faire agresser par des voyous sur la route de Villegas. Ils m'ont tout pris, voiture, papiers et argent. Pourriez-vous me déposer à Pacy sans trop vous détourner de votre parcours ? »
Le chauffeur se rendit compte de l'état lamentable de Guillaume, il lui dit de monter.
« Je vous déposerai sur la route de Bonnières en haut de la ville. La gendarmerie est trois cents mètres… »

« Vous allez à Paris ? »
« Oui, à Rungis…
« Je suis tellement fatigué que je préférerai que vous me déposiez à Paris. Je porterai plainte demain. J'ai besoin de me soigner, de manger et surtout de dormir ! »
Le chauffeur hésita et finit par accepter devant l'état de fatigue de son passager.
« Moi, je veux bien… C'est à vous de voir ! »
Guillaume sortait peu à peu de son cauchemar. La cabine du camion était bien chauffée, le fauteuil confortable et le chauffeur sympathique. Il était tellement fatigué qu'à peine installé depuis cinq minutes, il s'endormit pour ne se réveiller que quarante kilomètres plus loin !

Saint-Chéron, 22 heures 40

« Mais qui a pu faire un truc pareil ? » se demandait l'allemand.
« Sûrement pas la police. La maison serait encore pleine de flics !
Il trouva sur le sol devant la maison des dizaines de douilles de deux calibres différents.
« Tirées avec un pistolet-mitrailleur Uzzi et un colt 45 »
Pensa-t-il en connaisseur en en ramassant quelques-unes au hasard.
Reinberger se souvint alors que le français lui avait parlé d'un coup de téléphone donné par des gens de l'ambassade d'Israël.
-Le Uzzi est une arme de fabrication israélienne et le Colt 45 a été longtemps celui du Mossad, se souvint-il.
Que lui restait-il à faire ? Retourner à Paris et essayer de récupérer ce foutu tableau ! Il n'avait pas trouvé les clefs de l'appartement sur le français.
Il lui faudra donc se poster près de la rue des Fossés Saint Jacques, surveiller et dès que possible intervenir.
« Presque impossible se disait-il. L'immeuble est surveillé… A moins que je ne force la concierge à m'ouvrir la porte de l'appartement. Avec un peu de persuasion, ce ne devrait pas être trop difficile. Après tout, on n'est jamais si bien servi que par soi-même. Il ne fallait pas perdre de temps. Ces salauds avaient pris

de l'avance… Avec les flics qui sont devant la porte de l'immeuble, les mecs qui ont enlevé le français ne pourront pas y entrer avec lui… En tout cas pas ce soir. Moi, j'ai une petite idée de l'endroit où est caché le tableau ; Hantz causait facilement. C'était vraiment un imbécile !
Puis il se dit qu'il était dangereux de rester dans la maison.
« Si les flics ont été alertés par les voisins à cause de la fusillade, il vaut peut-être mieux que je me tire d'ici en vitesse.
Reinberger remonta dans sa voiture. Par précaution, il ne prit pas l'autoroute plus facilement contrôlable et rejoignit son hôtel parisien.

Quand Guillaume se réveilla, le camion roulait sur l'autoroute. Il se trouvait aux environs de Mantes. La radio marchait en sourdine.
« J'ai dû m'endormir. Pardonnez-moi… Sacrée journée ! »
Il se crut obligé de donner une explication sur sa présence à Gadancourt mais ne voulait pas dire la vérité. Il avait peur de passer pour un fou tant son aventure semblait rocambolesque.
« Je roulai sur une petite route quand j'ai vu dans mes phares un homme couché sur la route à côté d'un vélo. J'ai cru qu'il avait eu un accident. Je me suis arrêté pour lui porter secours. J'étais à peine descendu que trois types me sont tombés dessus. Ils m'ont tabassé, piqué mon portefeuille et mes papiers et se sont tirés avec ma voiture. La prochaine fois je ne m'arrêterai pas ! »

Était-ce dû à la convivialité du chauffeur ou la fatigue de Guillaume, une certaine camaraderie s'était établi entre les deux hommes.
« Comment vous appelez vous ? »
« Guillaume d'Assas. »
« Vous faites quoi à part vous faire tabasser sur les routes départementales ? »
« Je suis écrivain. »
« Vous êtes l'auteur de romans policiers ? »

« Oui. Vous connaissez ? »
« J'ai lu l'année dernière une des enquêtes du commissaire Jacques Lefort, "La Kermesse des bigoudènes". Je me suis bien amusé. Figurez-vous que je suis originaire d'Audierne. Vous connaissez ? »
« Bien sûr. Mes parents sont de l'Est mais j'ai passé autrefois bien mes vacances d'enfant à Bénodet. »
Le chauffeur du camion, âgé d'une cinquantaine d'années, portait un nom bien Breton, Yann Lekellec. Il était chauffeur routier depuis vingt ans. Il se dirigeait ce soir vers Rungis avec une cargaison de fruits et devait reprendre un nouveau chargement pour Toulouse.
Ils en vinrent à parler de leurs métiers, des derniers films qu'ils avaient vus, de l'actualité, évitant d'aborder des sujets pour lesquels ils auraient pu- être en désaccord.

Arrivé à Paris, Lekellec déposa Guillaume à la porte de Saint Cloud. Il eut la gentillesse de lui donner un billet de vingt euros pour qu'il puisse téléphoner, acheter un sandwich et boire une bière à leur amitié nouvelle.
Guillaume, après lui avoir demandé son adresse, lui promit de le rembourser et de lui envoyer son prochain livre dédicacé.
A une centaine de mètres du boulevard périphérique, il entra dans une brasserie. Un serveur qui fumait une cigarette sur le pas de la porte, le regarda entrer avec méfiance. Guillaume se vit dans une glace et comprit le regard suspicieux de ses voisins de comptoir. Il était sale, hirsute, le pantalon déchiré, la main bandée. Cela lui rappela l'aventure qu'un de ses amis lui avait racontée. Il avait voulu faire un reportage sur la vie des clochards. Durant cette expérience il avait très vite perçu l'hostilité de la rue, même dans les quartiers pauvres pour tout ce qui n'était pas dans les normes établies.
Agitant son billet de vingt euros, Guillaume réussit finalement à se faire servir un demi et un sandwich. Le patron accepta même, avec réticence, de lui vendre un jeton de téléphone.

Par miracle, il avait mémorisé le numéro de portable d'Étienne. A la troisième sonnerie, il entendit son ami :
« Salut mon grand. J'espère que tu vas accueillir avec le triomphe qu'il mérite… »
« Où es-tu ? »
« On ne dit plus bonjour… »
« Arrête ton baratin… Il faut que je te voie dès que possible… »
Je suis dans une brasserie de la porte de Saint Cloud… Les Trois Obus, Arrive sans la cavalerie. J'ai vraiment besoin de toi ! »

Paris, porte de Saint Cloud, le 8 avril minuit et demi

Guillaume apprécia avec voracité son sandwich et avec délice sa bière. Il n'avait rien absorbé depuis son petit déjeuner ; il était mort de fatigue, ses blessures aux jambes le relançaient et sa main le gênait. Il gardait malgré tout le moral ! Il avait enfin retrouvé la normalité. Il savait pourtant que ses ennemis étaient toujours à sa recherche et qu'ils avaient engagé une lutte à mort pour récupérer le tableau et les documents et en prime lui faire la peau...
Étienne entra dans la brasserie une demi-heure après. Il regarda Guillaume et se rendit compte de l'état lamentable de son ami :
« D'où sors-tu ? »
« De la troisième dimension ! J'ai vécu un an en une journée ! Je n'arrive pas à comprendre comment j'ai réussi à me sortir vivant des mains de ces barbares ! Avant tout, donne-moi des nouvelles de Sophie ! ... »
« Rassure-toi elle va bien. Moque-toi encore de l'efficacité de la police. J'ai des types bien dans mon équipe… »
« Qu'est-ce qui s'est passé ? La dernière fois que j'en ai entendu parler, il était question de me l'envoyer en petits morceaux ! »
« Thanarat l'a fait enlever dans son escalier par un petit truand qu'il avait recruté. Il voulait la troquer contre les documents. À part une belle peur et quelques bleus, elle se porte comme un

charme. Si ce n'est qu'elle est morte d'inquiétude de ne pas avoir de tes nouvelles ! Tu ne mérites pas tes conquêtes, vieux salopard ! »
« Reinberger et Carola m'ont kidnappé ce matin. Ce soir, la femme est morte et… »
« Tu me raconteras tout avec le plus de précisions possibles, mais pour le moment, on va te faire soigner. A l'hôpital, ça va demander des heures. J'ai un ami toubib, Jacques Paul à Boulogne. On va sûrement le réveiller mais après tout c'est son boulot ! »
Étienne l'appela sur son portable.
« Allo Jacques, j'ai une urgence pour toi… »
« Aller à l'hôpital ? … Non. On va y traîner toute la nuit. Très grave ? Non mais cela demande des soins… Piqûre antitétanique et désinfection sûrement. A tout de suite. »
« Tu as de la chance, mon copain recevait des amis ce soir chez lui. Je n'ai pas eu à le réveiller. Comme ça, il ne s'y prendra pas en trois fois pour te faire une piqûre… À moins qu'il ait trop bu ! »
« Ça m'est égal, s'il n'est pas allemand ou thaïlandais, je suis prêt à affronter le diable ! »
« Mon vieux Guillaume, maintenant tu ne peux plus rester à Paris. Pars quelques jours avec Sophie à Rupt… »
« Pas très prudent. Reinberger connaît la maison qu'il a fait cambrioler par Zimmerman la semaine dernière… En plus je dois rendre un manuscrit à mon éditeur. Deux meurtriers à mes trousses, c'est largement suffisant… »
« Ta folle journée va meubler les soirées de ton inspecteur Lefort… »
« C'est bien gentil tout ça mais je vais dormir où ce soir ? »
Étienne réfléchit quelques instants avant de répondre :
« Ce soir chez toi… Avec Sophie si cela ne t'ennuie pas... Ça fera moins de frais de garde ! Ton immeuble est déjà sous protection mais je vais faire renforcer la surveillance par une de mes équipes. De toute façon, il n'est pas question que tu gardes un jour de plus les documents que tu as piqués au Thaïlandais. Après ta visite

chez le toubib, je ferai appel au commandant Laplace et à quelques-uns de ses hommes… »
« Tu ne vas pas m'envoyer Lebègue ? J'ai assez souffert pour aujourd'hui ! »
« Ne t'inquiète pas. Il est sur une autre affaire plus…administrative ! »

Une demi-heure plus tard, Guillaume et Étienne attendaient dans le cabinet du médecin.
« Tu m'as dit qu'il s'appelait comment ce toubib ? J'ai entendu Paul, tout à l'heure. Il travaille aussi à la morgue ? … »

Il fut interrompu par l'arrivée du praticien. Après de courtes présentations, Paul examina Guillaume :
« Vous êtes tombé dans votre machine à laver ? »
« Non dans un broyeur à bois de marque allemande ! »
« Votre jambe commence à s'infecter. Piqûre antitétanique et antibiotique pendant huit jours. Pour votre main, c'est plus superficiel. Baissez votre pantalon ! »
Guillaume qui malgré sa fatigue avait gardé son sens de l'humour se tourna vers son ami et lui dit :
« Étienne, n'en profite pas ! Tourne-toi s'il te plaît ! »
« Vous n'aurez plus beaucoup l'occasion de vous resservir de votre pantalon. Pour sauvegarder la décence vous repartirez quand même avec. Avec Étienne à vos côtés vous ne risquez pas d'être arrêté pour attentat à la pudeur… »
Un quart d'heure plus tard, Étienne qui avait réussi à joindre une de ses équipes de garde, raccompagna Guillaume rue des Fossés Saint Jacques. Sophie qui s'était fait ouvrir la porte de l'appartement par madame Perrez, dormait à poings fermés, exténuée par trop d'émotions !
Quand Guillaume se coucha à ses côtés, elle se blottit inconsciemment dans ses bras.

Paris le 8 avril à 9 heures

Sophie s'était réveillée la première. Elle ne semblait même pas étonnée de retrouver Guillaume allongé près d'elle. Elle se leva sans bruit et alla à la cuisine préparer un café capable de réveiller un mort.

On sonna et on frappa à la porte d'entrée. Elle chercha un peignoir qu'elle ne trouva pas, ouvrit une armoire, y découvrit un imperméable qu'elle enfila à la hâte. Le visiteur matinal semblait pressé. Il tambourina à plusieurs reprises. Sophie regarda par le judas. C'était Étienne accompagné du commandant Laplace. Elle leur ouvrit. Laplace lui jeta un coup d'œil en connaisseur, l'imperméable ne cachant pas grand-chose de sa nudité.
Étienne lui demanda de tirer Guillaume des bras de Morphée :
« Pourriez-vous le réveiller avec précaution pour sauvegarder un semblant de bonne humeur. Nous avons beaucoup de choses à nous raconter et à faire ce matin. »
Il tenait à la main un paquet de croissants et sous le bras un exemplaire du Parisien.
Guillaume avait dormi comme une bûche, mais son réveil fut pénible. Il avait mal partout ; il se traîna jusqu'à la salle de bains, se regarda dans la glace, se trouva une mine à faire peur et se

rendit compte qu'il ne pouvait pas prendre de douche à cause de ses pansements. Il râla, prêt à envoyer au diable le monde entier. Les cheveux en bataille, il fit une apparition furtive au salon. Il avait envie de se recoucher et d'oublier encore pour quelques heures sa vie difficile de gibier pourchassé.

Pourtant, il savait qu'il y allait de sa survie et que ces sauvages qui avaient envahi son salon étaient sa seule planche de salut.
« Amis du petit matin, salut ! Ayez pour le pauvre homme blessé que je suis la compassion et la douceur d'une mère. Bref, laissez-moi me réveiller, bon sang de bois ! »

La présence de Sophie toujours recouverte de son imperméable trop large, l'odeur du café et des croissants le réveillèrent tout à fait. Guillaume se rendit compte que Laplace n'était pas insensible à la beauté et à l'accoutrement de Sophie. Avec gentillesse, il lui demanda d'aller s'habiller. Elle disparut quelques instants.

Puis, ils déjeunent tous les quatre. Guillaume mourrait de faim. Il engloutit trois croissants et se brûla avec son café. Laplace restait silencieux. Sophie gazouillait et racontait avec humour son enlèvement et sa libération. Guillaume l'écoutait avec attention. Étienne semblait préoccupé puis interrompit les conversations.
« Trêve de parlottes et de mondanités. Il y a urgence. J'aimerai que tu sortes dès maintenant de leur cachette la totalité des documents du Thaïlandais. Si leur contenu est aussi prometteur que la première page traduite par nos services, il faudra mettre en alerte dès aujourd'hui tous les échelons de police concernés pour organiser l'interception et la saisie de cette saloperie de drogue.
Contrairement à ce que tu crois, mon vieux Guillaume, cela demande une énorme organisation et du personnel compétent… Il n'est plus question de savoir si tu acceptes ou non. Bien entendu, il va falloir que vous disparaissiez Sophie et toi jusqu'à l'arrestation de Thanarat et de ses complices. Pour

votre protection rapprochée, le commandant Laplace sera votre ange gardien… »
« Si, je comprends bien… »
« Non Guillaume tu n'as plus rien à dire. Tu as eu une chance insensée de t'en être sorti vivant hier. Soit content, la police ne délègue pas souvent quelqu'un du grade et de la valeur de notre ami Julien pour jouer les anges gardiens. Pour le moment, seul Reinberger connaît ta maison de Rupt. Il va donc falloir le neutraliser. Après on aura une place de repli. »
Étienne étala le journal, qu'il avait apporté, sur la table.
« Règlement de compte sanglant dans l'Eure : Le corps d'une femme de nationalité allemande et d'un homme bien connu des services de police a été découvert ce matin vers six heures dans une maison isolée située près de Pacy-sur-Eure. Sur place, la gendarmerie enquête. D'après les premières informations recueillies par notre correspondant, elle aurait trouvé de nombreux indices illustrant la violence de l'agression. D'autres personnes seraient impliquées dans ce fait divers sanglant. »
Guillaume savait qu'Étienne avait raison. Il était un peu frustré de n'avoir plus qu'à s'exécuter. En bougonnant, il ouvrit le meuble qui contenait sa chère discothèque et commença à sortir les disques un à un. Il ne put s'empêcher de commenter quelques-unes des œuvres qu'il connaissait pour le plus grand plaisir de Julien ; puis, pour pouvoir être aidé il donna son code de classement.
« L'ordre de rangement est alphabétique. J'ai classé les feuillets en reprenant les premières phrases du roman que je suis en train d'écrire. « Je cherche la piste des autres, des invisibles, de ceux qui me fuient, parce que je veux les définir pour en faire les complices de mon histoire, l'anti-moi que je pourrais trahir…. J comme Janacek avec sa sonate du 1er octobre 1905, E comme Elgar et son concerto pour violon et orchestre en si, C comme Cavali et son opéra La Didone… H comme Hummel et ses trio 2, 3 et 4 etc. etc. … J'étais sûr ainsi que personne ne serait capable de retrouver la totalité du dossier dans l'ordre initial ! ... »

Étienne, impatient lui coupa la parole.
« C'est bien un truc d'intellectuel. Si Thanarat avait découvert ne fut-ce qu'un seul document, il se serait moqué de l'ordre des feuillets… Il aurait pillé ta discothèque se moquant éperdument de Bach, Mozart et consorts.

Se tournant vers Sophie et Julien qui rigolaient, Guillaume prit l'air désespéré pour dire en soupirant :
« Mes pauvres amis, comment puis-je supporter et survivre au milieu des barbares qui me côtoient tous les jours ? Ton inculture refait surface mon pauvre Étienne. Élève un peu ton esprit, en un mot, sois moins flic. »
« Méprise à ton aise les forces de l'ordre. Un jour tu me supplieras de te pardonner… » Lui répondit Étienne qui ramassait au fur et à mesure la liasse des documents.
Vingt minutes plus tard, il quittait l'appartement. Une voiture l'attendait en double file, escortée d'un autre véhicule pour éviter toute mauvaise surprise.

Paris, le 8 avril, 10 heures quinze

Reinberger faisait le guet sous un porche de la rue des Fossés-Saint-Jacques. Il observait depuis trois quarts d'heure le stationnement de deux voitures en double file sans que les flics qui gardaient l'immeuble n'y trouvent à redire. Il en conclut logiquement qu'elles appartenaient à la police. Deux personnes en étaient descendues. L'allemand patientait, sachant qu'il ne pouvait rien entreprendre tant que l'appartement ne serait pas vide de tout occupant.
« Tient un type ressort une serviette à la main… Il me semble que c'est le plus âgé. Attendre le temps qu'il faudra… » Se dit-il. Il vit le policier monter dans une des deux voitures. Elle démarra à vive allure suivie de près par l'autre dont le conducteur plaça un gyrophare sur le toit.
- Un flic était donc resté en protection… Ils allaient bien finir par sortir. Pourquoi un tel cinéma pour ce foutu tableau ? S'ils l'avaient trouvé, il suffisait de planquer d'Assas et d'attendre que je me fasse prendre.

En achetant le journal ce matin, Reinberger s'était demandé comment la police avait deviné la nationalité de Carola. Il s'était alors rendu compte qu'en quittant précipitamment la maison de

Saint-Chéron cette nuit, il avait oublié de fouiller la sacoche de sa compagne, y laissant ses papiers. Par Interpol les flics allaient recevoir sa photo et connaître son nom. S'il ne voulait pas se faire piquer, il devait récupérer le tableau ce matin et essayer de filer par des petites routes vers l'Espagne.

Rue des Fossés Saint Jacques, 11 heures quinze

Aidé par Sophie, Guillaume finissait de se préparer. Ils avaient laissé Julien Laplace au salon écouter une interprétation du « Roi pasteur » un opéra de Mozart qu'il n'avait jamais eu l'occasion d'entendre et admirer le tableau sorti de sa cachette que Guillaume avait posé sur une commode. Vers midi, ils devaient retrouver Lehu à la PJ pour avoir un premier entretien avec le commissaire Jeumont, patron du service des stupéfiants. Pour éviter de revenir dans son appartement, forcément surveillé par Thanarat, ils devront quitter Paris dans l'après-midi pour une destination non encore déterminée. Avant qu'Étienne ne parte, Guillaume lui avait dit qu'il ne voulait pas garder chez lui le tableau caché au dos de sa commode.

« C'est beaucoup trop risqué malgré la protection que tu as mise en place »

Avait-il dit à Étienne. Pourtant, depuis le jour où il avait retrouvé d'Assas au quai des Orfèvres, Lehu n'arrivait pas à croire à la superposition des deux affaires et à ce miraculeux trésor qui dormirait soi-disant dans la famille de son ami depuis plus de soixante ans. Il reconnaissait cependant que Reinberger n'a rien à voir avec Thanarat. Le fridolin n'avait pas enlevé Guillaume pour le seul plaisir de lui faire faire un tour à la campagne.

Pour le convaincre, aidé de Julien, Guillaume repoussa la commode loin du mur, prit son tournevis et sortit de sa cachette l'extraordinaire panneau.
« Hommes de peu de foi ! Que faut-il pour vous convaincre, misérables vermisseaux ! Je devrais entendre crier par la foule ébahie : miracle, miracle ! Cet homme est un prodige ! »
Guillaume en rajoutait, fier de l'effet produit par la mise au jour du chef-d'œuvre. Ils remirent la commode en place à côté de la fenêtre.

« Mon petit Julien, tu vas organiser avec ma secrétaire la mise sous clef du tableau. Voit avec elle comment accéder au coffre des pièces à convictions… Elle sait tout faire cette fille, ne t'inquiète pas ! De. mon côté, je vous fais envoyer une voiture pour éviter toute mauvaise surprise » avait-il dit avant de partir.

Thanarat ne décolérait pas. Depuis le début de sa mission en France, il avait été d'échec en échec. Parti de Bangkok début avril, il pensait que sa mission serait relativement simple : récupérer une liasse de documents compromettants pour son organisation. Il n'avait jamais su comment et par qui elle avait été perdue mais ses instructions étaient simples : il avait dix jours au maximum pour réussir et revenir en Thaïlande. Toute personne qui se mettrait en travers de sa route devait être éliminée. L'organisation n'avait pas lésiné sur les moyens. Il avait bénéficié d'une couverture diplomatique, de l'argent nécessaire pour recruter des hommes de main et pour acheter des armes. Thanarat aurait pu obtenir le soutien logistique d'un réseau mis en place par l'organisation de longue date. Mais il avait l'habitude de travailler en solitaire, se méfiant des structures qu'il n'avait pas lui-même créées. Habitué des missions dangereuses, quelquefois en pays hostile, le Thaïlandais pensait qu'il n'aurait pas besoin de plus d'une semaine pour réussir. Avant son départ, il connaissait déjà le nom et le lieu de travail d'Odile Mauldre. Il n'avait même pas eu besoin de la localiser. Tout paraissait simple… Et pourtant, depuis le 31 mars dernier, rien ne s'était déroulé comme prévu. Simple évidemment d'égorger la jeune femme dans sa boutique du Louvre des Antiquaires, simple de récupérer un paquet placé dans un meuble du magasin, simple de disparaître dans l'anonymat de son ambassade ! Pas si facile que ça finalement ! Après l'élimination de la boutiquière, il lui suffisait d'ouvrir une commode, de prendre le paquet et de partir tranquillement vers la rue Greuze. Un type était entré dans le magasin, avait simplement ouvert le tiroir et découvert le corps de la fille. L'affaire se compliquait un peu mais restait apparemment facile.

Tout s'était ensuite dégradé très vite à cause de ce mec dont il avait appris le nom par les services de l'ambassade : Guillaume d'Assas. Comble de malchance, l'immeuble de la rue des Fossés Saint Jacques où il habitait était surveillé nuit et jour par la police. Ce d'Assas qu'il avait suivi et menacé n'avait jamais réagi normalement. Il ne semblait pas avoir peur de ses menaces, réagissait comme s'il s'agissait d'une plaisanterie, arrivait à le semer sur la route de Normandie comme un professionnel, lui échappait à plusieurs reprises et lui laissait entendre qu'une autre organisation dépendant du gouvernement thaïlandais voulait obtenir les documents. Thanarat avait cru tout d'abord à un coup de bluff. Et pourtant c'était vrai ; il avait assisté à l'enlèvement du bonhomme par une équipe dont personne ne lui avait jamais parlé. Pour faire pression sur son gibier, le Thaïlandais avait fait appel à un petit truand de l'organisation pour enlever sa petite amie. Là encore, échec. La fille avait été un temps séquestrée mais depuis il n'arrivait plus à avoir de nouvelles ! Par la suite, les évènements s'étaient déroulés plus classiquement. L'attaque de la maison de Saint-Chéron avait été un jeu d'enfant. Au cours de l'assaut, il avait perdu un homme mais c'était la règle d'un combat sans merci. Quand il avait réussi à pénétrer dans la villa, il avait retrouvé le corps d'une femme d'origine allemande d'après ses papiers mais pas de Guillaume d'Assas. Son gibier lui avait encore échappé ! Il savait qu'il était au pied du mur, le délai donné par

l'Organisation étant maintenant dépassé. Thanarat allait devoir payer son échec. L'organisation ne pardonnait rien. Sa vie n'avait pour elle aucune importance.
Aujourd'hui, Guillaume d'Assas, avait sûrement remis le dossier qu'il recherchait, depuis une semaine, à la police. Le va-et-vient des voitures avec gyrophares devant l'immeuble le prouvait sans l'ombre d'un doute.
Thanarat savait que Bangkok préparait son élimination. Il le savait d'autant mieux qu'il avait lui-même déjà participé à deux reprises à ce genre de nettoyage.
Quelque en soit les conséquences, il tuerait ce d'Assas qu'il considérait comme le principal responsable de son échec.

Thanarat estimait qu'il lui était maintenant impossible de liquider le français avec une arme de poing ; il était trop protégé. Comme il n'avait plus le temps d'attendre que la police baisse sa garde, il avait acheté une carabine de chasse à lunette chez un armurier proche du milieu parisien recommandé par le type qui s'est fait descendre à Saint-Chéron. Il avait payé l'arme au prix fort, mais jusqu'à maintenant l'argent ne lui était pas compté. La carabine bien rangée dans un étui en cuir n'attirerait pas l'attention.

Rue des Fossés Saint Jacques, 12 heures quinze

Thanarat recherchait un poste d'observation. Pour cela, il devait pénétrer dans l'immeuble situé en face de celui de l'appartement de Guillaume d'Assas. La porte d'entrée était contrôlée par un code d'accès. Patiemment il attendit l'arrivée d'un locataire. Sur le trottoir d'en face il observa un gros homme qui attendait en fumant un cigare. Il n'y prêta qu'une attention distraite. Une vieille dame arriva, composa le code et rentra dans le hall de l'immeuble. Thanarat posté à deux mètres avait mémorisé le numéro. Il attendit une minute et entra à son tour. Il prit l'escalier de service jusqu'au septième étage.

Il dut forcer une première porte de palier et se trouva dans un couloir donnant accès aux chambres de bonnes inoccupées qui servaient de débarras et de greniers. Elles étaient fermées à clef. Pour Thanarat, ce fut un jeu d'enfant d'en ouvrir une. Après trois essais infructueux, il trouva enfin une lucarne située face à l'immeuble où habitait d'Assas. Il tira une vieille table vers le vasistas, monta dessus et trouva alors une position idéale de tir. Thanarat sortit la carabine de son étui, la monta, fixa la lunette de visée, l'arma et attendit son gibier.

Fossés Saint-Jacques, 12 heures trente

Sophie demanda à leur convoyeur qui stationnait devant la porte de l'immeuble de faire un crochet par chez elle pour prendre quelques affaires. Quant à Guillaume, il avait jeté dans un sac le strict nécessaire pour une absence de quelques jours. Avec précaution, il avait enveloppé le tableau dans une taie d'oreiller et l'avait placé dans un sac de voyage.
Reinberger commençait à trouver le temps long. Il savait qu'il devait faire vite. Il ne pouvait se permettre la moindre erreur. Il vit de loin deux hommes et une femme quitter l'immeuble et monter dans une voiture, gyrophare tournant. Il pouvait enfin quitter sa planque. Il passa près des deux agents en faction et pénétra dans l'immeuble. Il alla directement vers la loge et frappa au carreau. Madame Perrez lui ouvrit et crut reconnaître l'individu qui avait essayé de forcer la porte de son cher professeur.
« Qu'est-ce que vous faites ici ? Je vais appeler les flics si vous ne … »
Reinberger la poussa d'une bourrasque. Elle tomba. Il mit un genou sur son dos et un sparadrap sur sa bouche. Madame Perrez, se débattant réussit à se remettre debout. L'allemand l'assomma. Elle se réveilla quelques secondes plus tard

complètement groggy. Reinberger sortit son révolver et le lui mit sur la tempe.
« Je n'ai plus rien à perdre. Vous criez, je vous tue ; vous allez gentiment jusqu'à l'appartement de monsieur d'Assas, vous m'ouvrez la porte ; je prends un objet qui m'apparient, je vous attache à un radiateur et je m'en vais. A vous de choisir...
Madame Perrez roulait des yeux furieux. Elle savait que ce type n'hésiterait pas à la tuer si elle résistait. Elle devait lui obéir.
Ils sortirent dans le hall de l'immeuble. Personne !
- Évidemment les flics ne sont jamais là où on les attend !
Pensa-t-elle avec désespoir.
Ils prirent l'ascenseur. A cette heure de la journée, personne ne bougeait dans l'immeuble. Madame Perrez sortit les clefs de son tablier et ouvrit la porte. Reinberger la poussa brusquement dans l'appartement et claqua la porte. Il sortit une cordelette de sa poche et lui attacha bras et jambes au radiateur de l'entrée.
- Me voilà enfin dans la place. D'après Frantz, le tableau a été fixé au dos d'une commode ancienne. Pour la reconnaître, il m'a dit qu'elle avait un plateau marqueté avec le dessin d'une croix de Malte en trois couleurs. Il ne doit pas y en avoir trente-six comme ça dans l'appartement !
L'allemand en fit le tour. Il inspecta chaque pièce et aperçut dans une chambre le meuble près d'une fenêtre. Il s'approcha, repoussa un rideau qui le gênait et s'apprêtait à tirer la commode pour en voir le dos. Il se pencha, sa tête explosa. Il s'écroula dans une mare de sang.

Thanarat avait ouvert le feu à la seconde où il avait aperçu près d'une fenêtre une ombre dans son viseur. Sûr d'avoir fait mouche, il démonta sa carabine, la rangea dans son étui et repartit par le même chemin qu'il avait pris à l'aller. Calmement, il sortit dans la rue, la traversa : il passa devant l'immeuble de Guillaume d'Assas. Un des deux agents téléphonait sur un portable, l'air inquiet et Thanarat vit l'autre se précipiter dans le hall en courant.
- Sans doute le bruit de l'arme !

Se dit-il en s'éloignant vers sa voiture garée place du Panthéon.
Sûr d'avoir obtenu vengeance, Thanarat devait organiser maintenant sa survie. Il savait qu'il lui sera bien plus difficile d'échapper aux tueurs qui allaient être lancés à ses trousses qu'à la police. Il ne pouvait pas retourner à l'ambassade : il soupçonnait l'attaché militaire de faire partie de l'Organisation. Thanarat avait pris sur lui ce matin son passeport français qu'il possédait grâce à sa double nationalité.
Tout en marchant, il eut un doute quant à l'identité de sa victime.
- Le mec que j'ai descendu, est-ce que c'était bien d'Assas ? Ça a été tellement rapide… J'ai tiré trop vite pour être sûr… Pas eu le temps de vérifier ! Retourner maintenant dans l'immeuble ? Il va grouiller de flics dans les cinq minutes. Aller voir, tout simplement !
Il se mêla aux badauds qui commençaient à observer l'agitation policière. Attendre et voir.

En route sur le chemin du quai des Orfèvres, Guillaume se rendit compte qu'il n'avait sur lui ni pièce d'identité, ni chéquier, ni carte bleue. En général, il ne s'encombrait pas de papiers, oubliant souvent son portefeuille et n'ayant sur lui que quelques billets pour payer ses restaurants ou de menus frais.
- J'ai quand même besoin d'avoir du fric sur moi…
Pensa- t-il.
- Je ne sais même pas où Lehu va nous expédier et combien de temps on va être absent ! S'il veut que nous allions à Rupt, il va falloir que je rembourse les Cantier pour les frais de réparation de la porte. Je ne vais quand même pas … C'est stupide !
Il demanda au chauffeur de faire demi-tour. Sophie, d'un naturel prévoyant, lui proposa de lui avancer l'argent nécessaire. Mais Guillaume avait pour principe de ne jamais emprunter d'argent à ses petites amies. Ce contretemps agaça Laplace mais il finit par demander au chauffeur de retourner rue des Fossés Saint Jacques. Leur voiture se gara devant l'immeuble, gyrophare tournant. Il y avait dans la rue une certaine effervescence ; des badauds

commençaient à s'attrouper. Un des gardiens de l'immeuble se précipita vers eux.
« Un coup de feu a été tiré d'un immeuble voisin. Apparemment, il n'y a pas de victime… »
« Le pétard d'un gamin ou un… »
L'agent vexé hausse les épaules.
« Je sais encore reconnaître le bruit d'une arme à feu. J'ai appelé le commissariat pour vérifier. J'ai ordre de ne pas quitter mon poste ».
L'autre agent avait l'air beaucoup moins convaincu que son collègue.
Guillaume pensa qu'il était plus prudent de ne pas traîner sur le trottoir. Il laissa la force publique s'expliquer et s'engouffra dans l'immeuble. La loge était vide. Il avait heureusement pensé à prendre ses clefs.
Il ouvrit la porte de son appartement et aperçut madame Perrez attachée à un radiateur. Elle avait l'air complètement paniquée. Avec précaution, il enleva le sparadrap qui l'empêchait de parler et la détacha du radiateur. Elle se mit à chuchoter.
« C'est l'allemand… Il est dans l'appartement… Méfiez-vous, il est armé. J'ai entendu un drôle de bruit… Un carreau cassé…Et comme une chute ! »
« Vous pouvez marcher. Sortez vite d'ici ! »
Guillaume se dit que Reinberger devait être à l'autre bout de l'appartement et qu'il n'avait pas dû les entendre.
Il ouvrit la porte du salon doucement. Personne ne bougea. Ils sortirent sur le palier et descendirent le plus vite possible.
Une patrouille appelée par l'agent qui garde l'entrée venait d'arriver. Guillaume essoufflé s'adressa à un policier en civil qui l'accompagnait :
« Cette femme a fait l'objet d'une tentative d'enlèvement. »
Le jeune flic qui l'accompagnait avait l'air complètement stupéfait.
« Vous reconnaissez bien madame Perrez, la gardienne de l'immeuble ?
Le type est toujours dans mon appartement... »

Guillaume vit Julien Laplace venir vers eux.
« Il y a quelqu'un dans mon appartement en train de cambrioler… »
Laplace aperçut un collègue et se présenta :
« Commandant Laplace ! »
« Capitaine Lenoir du commissariat du… »
« Prenez deux hommes avec vous. Que personne ne sorte dans la rue.
Puis devant l'hésitation de son collègue, il ordonna :
« Vous et vous venez avec moi. D'Assas restez ici ! Passez-moi vos clefs »
Les quatre policiers entrèrent sous le hall en courant.
Cinq minutes plus tard, ils étaient de retour.
Julien Laplace s'adressa à Guillaume :
« Votre cambrioleur est mort d'une balle en pleine tête ; partez au quai des Orfèvres. Je téléphone au commissaire Lehu pour le prévenir… »
« Je viens avec vous ! » lui dit Guillaume. « Je n'ai pas eu le temps de prendre mon fric… De toute façon, je pourrai peut-être reconnaître ce type. D'après madame Perrez, c'est mon fridolin Reinberger… »
S'adressant au policier en civil, Laplace lui demanda de prévenir son commissariat, l'identité judiciaire et le médecin légiste, puis s'adressant à Guillaume lui dit :
« Venez avec moi, si la vue du sang ne vous écœure pas. Vous repartirez ensuite pour la PJ avec votre amie. Je vous rejoindrai un peu plus tard. »

A moins de vingt mètres, dans le petit attroupement qui s'était formé sur le trottoir, Thanarat constata que d'Assas était toujours vivant ! Il s'était donc trompé de cible. La rage au ventre, il retourna à sa voiture, bien décidé à lui faire la peau. Inquiet, il pensait aux conséquences de son erreur.
- Ça va être coton. Il va falloir se protéger des hommes du colonel Tabinshehti et de la police française. Faire profil bas, changer

chaque nuit, d'hôtel et ne rester à Paris qu'en cas de nécessité absolue.
Pensait-t-il en regagnant son parking.
Ce n'était pas la première fois qu'il était confronté à ce genre de situation. Sa formation militaire dans les commandos et dans la jungle birmane l'avait formé aux pires conditions de survie.
- Je ne peux pas garder la voiture fournie par l'ambassade. Son numéro est connu de la police ; une moto d'occasion plus mobile fera l'affaire. Le plus compliqué va être de retrouver la piste du français pour l'éliminer. Après, il sera temps d'aviser… Aller en Angleterre peut-être. Il avait à Londres un cousin qui pouvait l'héberger le temps de se faire oublier.

Quai des Orfèvres, Direction de la PJ 13 heures

La totalité du dossier transmis par Guillaume d'Assas avait été communiquée à l'Office Central de la Répression du Trafic des Stupéfiants, dirigé par le commissaire divisionnaire Jeumont. Dans les heures suivantes, les documents avaient été triés, analysés et traduits. Tous les services concernés, la direction de l'office, la police maritime, la police des frontières et les douanes avaient été mis en état d'alerte.
Une réunion de crise regroupant les principaux policiers responsables de l'opération se tint au ministère de l'Intérieur. Jeumont avait été chargé par le cabinet du ministre de coordonner les différents services de police concernés.
Quand Lehu pénétra dans le bureau du chef de cabinet où se tenait la réunion, il entendit Jeumont résumer le dossier :
« Le colonel Tabinshwehti, ministre de l'Intérieur du gouvernement militaire de Birmanie a accepté au mois de janvier dernier le transfert par son pays de deux tonnes d'héroïne raffinée et de six tonnes d'opium brut en provenance du nord Thaïlande. Ce transfert implique de nombreuses personnalités en Birmanie et en Thaïlande, dont certaines proches du cabinet militaire du roi. La drogue a passé la frontière birmane par la jungle et a été réceptionnée dans la ville de Papun. Elle a été conditionnée dans

des sacs de riz et convoyée par barges jusqu'à Rangoon et chargée à bord de deux cargos battant pavillon panaméen en partance pour Rotterdam et Marseille. A réception, l'opium brut sera raffiné par des laboratoires situés à Vlaardingen et Gardanne.

En dehors même de l'importance de cette cargaison exceptionnelle dont la valeur pouvait être estimée à plus de sept millions d'euros, les renseignements contenus dans ces documents précisaient les lieux de stockage, de raffinage, les relais bancaires, les réseaux de répartition, etc. C'était la première fois que les services de police trouvaient de telles informations regroupées et surtout transmises en clair.
On y trouvait des précisions surprenantes dans ce type d'affaires. Quinze pages décryptaient avec détails les connexions internationales entre l'organisation thaïlandaise, deux triades de Hong-Kong et l'implication de certains membres du gouvernement birman et de trois officiers généraux thaïlandais. Le quai d'Orsay sera informé dans la journée d'une partie du dossier »
Jeumont précisa en outre que la drogue avait été chargée le 2 avril sur deux cargos battants panaméens, le Seris et le Jovis actuellement en mer à destination de l'Europe. Pour éviter tout détournement de ces navires vers d'autres destinations, il demanda à tous une discrétion absolue vis à vis des médias et de toute personne étrangère au dossier.

Paris, quai des Orfèvres 15 heures

Reinberger éliminé, Étienne Lehu demanda à Sophie et à Guillaume d'aller passer quelques jours à Rupt. Tant que Thanarat n'aurait pas été retrouvé, le commandant Laplace devra assurer leur protection.
Julien n'approuvait pas ce rôle de chien de garde, peu conforme à son grade et à ses responsabilités habituelles.
Lehu lui avait demandé d'assurer cette mission comme un service personnel et lui fit comprendre que quelques jours de vacances aux frais de la princesse lui feraient le plus grand bien.

Après un déjeuner frugal pris dans les locaux de la PJ, Guillaume dut se soumettre au jeu du portrait-robot. L'électronique, de nos jours, facilite grandement ce type de recherches. Le spécialiste chargé de ce travail eut recours à un logiciel spécifique. Les possibilités offertes par l'outil informatique sont quasiment illimitées. En moins d'une heure, la figure et la silhouette du tueur étaient apparues sur les écrans. Ses empreintes relevées dans la chambre de bonne de la rue Saint-Jacques avaient été confrontées à celles du sommier, sans résultats. Thanarat n'était pas fiché en France. Un dossier complet du Thaïlandais avait été envoyé à tous les commissariats parisiens ainsi qu'aux postes-frontière et aux aéroports.

Paris le 8 avril, 17 heures

Thanarat décida de quitter Paris, devenue trop dangereuse. Il devait s'installer en grande banlieue ou même un peu plus loin. Il abandonna sa voiture dans le parking souterrain du boulevard Haussmann. Il fit l'acquisition d'un attaché-case et retira vingt mille euros du compte ouvert avant son départ de Thaïlande par l'Organisation. Il pressentait que ce compte allait être bloqué dans la journée par Bangkok. Ainsi paré, Thanarat prit un train pour Compiègne et s'installa pour la nuit à l'hôtel de la gare.

En toute logique le Thaïlandais estimait que la protection policière de Guillaume d'Assas devait être assurée par la section criminelle de la PJ depuis le 31 mars et non par l'Office de répression des stupéfiants. Pour retrouver la trace de son gibier, il allait devoir s'infiltrer dans les rouages de la police parisienne. Mais il ne pourra agir qu'en connaissant le nom du ou des officiers mis en protection autour de l'écrivain. Sa stratégie d'élimination se fera en fonction des circonstances. Thanarat avait toujours utilisé dans les différents combats qu'il avait menés depuis dix ans la devise des commandos de la Garde : « Attendre, voir et agir »

Vitry-le-François, le 8 avril 21 heures

Guillaume, Sophie et Julien roulaient sur l'autoroute A4 depuis plus de deux heures. À part quelques camions, la route était dégagée. Il pleuvait par instant. Laplace avait pris sa voiture, inconnue de Thanarat et conduisait depuis Paris.
Après un long silence, Guillaume lui demanda s'il aimait la pêche à la mouche ou au lancer.
« Enfant, j'ai péché le gardon avec mon grand-père, mais depuis longtemps j'ai perdu la patience nécessaire… »
« Tout s'apprend… Remonter une rivière au printemps avec un fort courant demande autre chose que de la patience ! Vous verrez, la Sault n'est pas une mare à goujons ! Je téléphonerai demain matin à l'ami Gérard pour qu'il vienne taquiner la truite avec nous. Qu'en pensez-vous mon cher Julien ? Pardonnez-moi de vous appeler par votre prénom ! Considérez-vous en vacances et non pas en service commandé ! Il n'ait donc plus question de commandant par ci ou de monsieur par là. Je ne vous obligerai pas à me tutoyer… Je commence à avoir une faim de loup ! Pas vous ? Marie est prévenue de notre arrivée. Elle aura sûrement prévu un dîner. »
« À l'instant, je vous parlais de Gérard Gilou… Un sacré journaliste, vous savez ! On se connaît depuis Normale Sup. C'est

un fondu de musique ! Il devrait vous plaire… Quant à la truite, il a une finesse de lancer peu commune ! Il nous rejoindra ce soir à Rupt pour dîner… »
« Vous croyez qu'il était utile de faire venir un journaliste ? »
« Il ne s'est pas spécialisé dans les chiens écrasés… Il ne s'intéresse qu'aux expositions d'art dans le monde entier. Vous ne trouverez pas sa signature dans le Parisien mais dans Connaissance des arts ou dans la revue - L'œil –
Pourtant il a de sacrées relations ! Aucun danger de fuites mon cher Julien ! »
Sophie, pelotonnée contre Guillaume, fatiguée par le trop-plein d'émotions qu'elle avait supporté depuis une semaine, s'était endormie dès la sortie de Paris.
Julien espérait que les jours à venir allaient lui permettront de décompresser.
Ils arrivèrent dans la soirée à Rupt.
Marie avait allumé le chauffage, préparé une flambée dans la cheminée du salon. Elle avait mis quelques fleurs dans les vases et cuisiné une quiche lorraine dont elle avait le secret. Le réfrigérateur était plein et une bouteille de Saint-Emilion avait été remontée de la cave pour qu'elle soit à bonne température. Les lits avaient été faits, les volets fermés et les rideaux tirés. Julien ne regrettait plus du tout d'avoir accepté sa mission.

Compiègne, le 9 avril 9 heures

Thanarat avait quitté l'hôtel de la Gare depuis deux heures. Il était à la recherche d'un marchand de motos d'occasion qu'il finit par trouver dans la périphérie de la ville. Le commerçant n'était pas très regardant et ne s'étonna même pas d'être payé en liquide. La moto proposée n'était pas une grosse cylindrée mais elle était en bon état et suffisamment rapide pour ce que voulait en faire le Thaïlandais. Il l'acheta et en prime, après discussion, il obtint un casque et une veste de cuir usagée. Il fixa sur le porte-bagages l'étui de fusil. Il portait sur le dos un sac contenant son argent, ses munitions et son automatique. Ainsi équipé, Thanarat retourna en ville et fit l'acquisition d'un téléphone portable équipé d'une carte. Il avait, par prudence, jeté le sien en passant près d'une mare de la forêt.

Il était maintenant aux environs de midi.
Pierre Palky, patron du routier qui bordurait la nationale 31 en direction de Soissons à la sortie de la forêt, râlait contre son commis qui tardait à revenir de la boulangerie. Les clients commençaient à s'arrêter et les tables n'étaient pas encore dressées.
« Auriez-vous un annuaire de Paris ? »

Palky était de mauvaise humeur. Ce n'était pas le moment d'interrompre son travail.
« Au sous-sol, près des toilettes, s'il n'a pas été volé ! »
Dit-il à l'inconnu.
« Il a vraiment une sale gueule ce mec… »
Pensa-t-il en le voyant s'éloigner. Il reprit son travail pestant contre le monde entier et son commis en particulier.
Thanarat trouva un vieil annuaire de Paris dont il manquait un certain nombre de pages, traînant sur une table bancale. Il rechercha le numéro du central téléphonique de la Police judiciaire qu'il mémorisa immédiatement.
Il remonta dans la salle du bistrot, demanda à la patronne un sandwich et un demi de bière qu'il consomma au comptoir.
Un quart d'heure après, il était dehors. Il pleuvait légèrement. Thanarat revint vers la forêt, prit un chemin de traverse et s'arrêta dans un ancien abri de cantonnier à moitié en ruine.
Il composa le numéro du quai des Orfèvres.
« Allo, pourrais-je parler à l'officier de police judiciaire chargé de l'enquête de la rue du Fossé Saint Jacques ? »
« De la part de qui ? »
« Jean Lemoine, journaliste au Monde… »
« Ne quittez pas, je vous passe le service… »
« Personne ne répond… Ne quittez pas ! »
Thanarat finit par entendre une standardiste dire :
« Le commandant Laplace ne répond pas ! Veuillez rappeler plus tard ! »
La communication était coupée.
Le plan de Thanarat commençait à prendre forme.

Quai des Orfèvres, 9 avril 12 heures 15

Lebègue entra dans le bureau des inspecteurs. Il se dirigea vers son bureau. Le téléphone se mit à sonner.
« Lieutenant Lebègue, brigade criminelle à l'appareil. À qui ai-je l'honneur ? »
« Commissaire divisionnaire Charles Levy de l'Inspection générale des Services. Passez-moi le commandant Laplace. »
Le ton était sec et semblait ne tolérer aucune contradiction.
« Le commandant Laplace est en déplacement. Voulez-vous quelqu'un d'autre du service ? »
« N'ai-je pas été assez clair ! Cette affaire est extrêmement urgente. Elle ne concerne que Laplace et personne d'autre. Passez-moi ces coordonnées téléphoniques… »
Lebègue hésita quelques instants, mais il connaissait l'I.G.S. et estimait que sa position ne lui permettait pas de s'opposer à un commissaire… divisionnaire de surcroît ! Il rechercha dans ses papiers, trouva le numéro de portable de Laplace et le communiqua à son interlocuteur et raccrocha.
Il se plongea dans l'étude de statistiques que lui avait confiée Lehu, furieux de son excès de zèle dans l'affaire d'Assas.
À nouveau le téléphone sonna.

« Levy en ligne. Le numéro que vous m'avez donné ne répond pas ! Vous avez dû vous tromper ! Je n'ai pas que ça à faire… Dépêchez-vous bon sang ! »
Lebègue vérifia. Il ne s'était pas trompé et le fit savoir.
Explosion à l'autre bout du fil.
« Il n'y a donc personne de compétent dans ce service ! Passez-moi votre commissaire !
« Il est en réunion avec le directeur. Je ne peux en aucun cas les déranger… »
« Qu'on en finisse ! Donnez-moi ses coordonnées. Je me débrouillerai ! »
« Je ne sais pas si je peux… »
« Votre nom et votre grade ? »
« Inspecteur stagiaire Lebègue… »
« Ne me forcez pas… ! »
« Le commandant Laplace est aujourd'hui en mission dans la Meuse. A Rupt-aux-Nonnains pour être précis. Je ferai part de votre appel au commissaire… »
Lebègue se demanda s'il n'avait pas commis un impair. Réflexion faîte, il gardera pour lui cet entretien. Inutile d'attirer les coups !

Forêt de Compiègne 12 heures 20

Thanarat raccrocha son portable et le balança dans les fourrés. Il sortit de son abri assez content de sa stratégie. Restait le plus dur à faire mais il ne doutait plus de la réussite de son plan. À la première station-service, il fit le plein et acheta une carte routière.

Rupt 15 heures

« Venir faire l'ouverture de la truite dans la Sault ? Oui sans problème ! Je pars cet après-midi et serai à la Garenne pour dîner ! »

Gérard pour rien au monde n'aurait refusé cette invitation.

Guillaume n'avait plus qu'à réviser son matériel. La rivière était trop haute pour pêcher à la mouche. Va pour le lancer. Cet hiver, il avait trouvé sur les quais quelques nouvelles cuillères qu'il comptait bien expérimenter. Marie lui avait dit ce matin que Paul avait ferré la semaine précédente près de Saudrup un saumon de fontaine d'un kilo. C'était exceptionnel ! Les belles prises dans la Sault étaient plus proches de la livre que du kilo. Tout laissait à penser que la saison serait pleine de surprise !

Sophie qui connaissait bien les Cantier accompagnera Marie après le déjeuner à Bar-le-Duc pour faire quelques courses. Julien par sécurité visitera le pays pour parer à toute surprise et Guillaume ira rejoindre en imagination et en écriture les fantasmes de son écrivain parano !

Saint-Dizier 18 heures

Thanarat venait de trouver un hôtel pour routiers où il passerait la nuit. Il était en terre inconnue. Il devait reconnaître le pays sans se faire remarquer. Ce n'était pas évident à la campagne de se fondre dans le paysage.
Il profitera donc de la nuit presque tombée pour faire un tour à Rupt. La nationale 4 était assez encombrée mais les routes de campagne presque désertes. Le temps n'incitait pas à rester sur le pas de sa porte ; personne ne prêta donc attention à ce motocycliste qui traversait les villages à petite vitesse. Arrivé à Rupt, comment allait-il reconnaître la maison de d'Assas ? Demander au bistrot près du pont ? Sûrement pas ! Trouver un annuaire ? Il le demandera ce soir à son hôtelier. Quelles pouvaient être les distractions pour un parisien dans ce village paumé ? La rédaction d'un livre, peut-être ! Les ballades à pieds ? C'était déjà plus intéressant… Mais avec ce temps pluvieux… difficilement envisageable !
Thanarat savait qu'il ne disposait que d'une journée ou deux pour agir s'il ne voulait pas se faire repérer ! À plusieurs reprises il avait longé ne rivière… La pêche… l'idéal serait que sa proie reste assise à tremper un fil dans l'eau en attendant que ça morde ! Il

verra demain. Ce soir il n'y avait rien à faire. Si le gibier ne sortait pas de sa tanière, il trouverait sûrement un moyen de l'en déloger.

Rupt aux Nonnains, 9 avril, 7 heures

Thanarat avait quitté l'hôtel de Saint-Dizier une demi-heure plus tôt. Il faisait encore nuit. Sorti de la nationale à quelques kilomètres, il traversa une campagne déserte. La pluie s'était arrêtée. Arrivé à Rupt, il repéra la maison de Guillaume dont il avait relevé l'adresse dans un annuaire. Quelques lumières filtraient en haut des volets clos. Autrefois ses instructeurs l'avaient mis en garde contre le calme trompeur des villages. Il savait qu'il était plus en sécurité en ville, ignoré de tous que dans ses patelins où il ne passe jamais rien ! Pour tromper leur ennui, les gens s'épiaient et se méfiaient de tous les étrangers. Arrivé près du pont qui enjambe la Saulx, il fit demi-tour. Il devait attendre ! En rase campagne ? Il se fera immédiatement remarquer ! Dans le village ? Sûrement pas. Au bistrot, près du pont ? On le prendra peut-être pour un représentant de commerce… Le café venait d'ouvrir.

Près du comptoir, il y avait déjà trois clients ; quatre autres dans la salle, tous des hommes. Dès qu'il entra, les conversations s'arrêtèrent. Sans en avoir l'air, chacun l'épiait. Un chinois à cette heure au café ? C'était bizarre ! Allez savoir avec tous ces étrangers ! Déjà qu'ils mettaient le feu la nuit aux voitures en ville,

rien que pour se marrer, sans compter qu'il avait une sale gueule ce chinetoque ! Thanarat commanda un grand crème et un croissant.
- C'est trop tôt pour les croissants. Un bout de baguette si vous voulez…
- Ça ira, merci…
Petit à petit, les conversations avaient repris à voix basse, mais les hommes n'avaient pas confiance. Le jour se levait à peine.
- Pour aller à Haironville, s'il vous plaît ?
- Allez au bout du village et tournez à gauche. Y a un panneau… À peu près à trois kilomètres…

Thanarat paya et repartit. Il ne devait pas rester trop longtemps à Rupt. Il attirait trop l'attention. Maintenant il devait observer la maison de son gibier et élaborer une stratégie. Il démarra sa moto et passa lentement devant la maison d'Assas. Les volets étaient clos. Attendre qu'il sorte. Ça pouvait durer longtemps. Il risquait de se faire repérer. Repasser dans un petit moment ? Et si d'Assas foutait le camp ? Finalement, il arrêta son engin cent mètres plus loin et fit semblant de contrôler son moteur. Il gardait son casque sur la tête, visière relevée et s'accroupit dès qu'arrivait une voiture comme s'il avait un ennui mécanique. Placé où il est, il apercevait le portail de la maison. Il dut patienter une bonne demi-heure.
Vers neuf heures, deux types sortirent de la propriété. Vêtus d'anoraks et chaussés de bottes, ils tenaient à la main du matériel de pêche qu'ils chargèrent à l'arrière d'une voiture.

Un troisième homme vint les rejoindre. Un flic sûrement... Il inspecta chaque détail des environs. Son regard se fixa quelques secondes sur Thanarat. Le Thaïlandais devina qu'il était armé. Pour ne pas prendre de risques inutiles, il démarra sa moto et s'éloigna vers Haironville, puis fit demi-tour. À environ deux cents mètres, il vit la voiture traverser le pont de Rupt, quitter la chaussée et s'enfoncer sur un chemin transversal puis s'arrêter un peu plus loin. Les trois hommes en descendirent. Thanarat gara sa

moto sur la place du village près du monument aux morts. Il partit à pied et bifurqua avant la rivière qu'il remonta par un chemin défoncé en sous-bois. Sans trop s'approcher de l'eau, il put observer de loin les pêcheurs sans être vu.
Il apercevait d'Assas qui commençait à pêcher. D'où il était, il entendait leur conversation :
« L'eau est bougrement haute cette année ! Le vent est d'est depuis trois jours, paraît-il. Si ça tient, c'est bon signe pour la truite… À vous mes jolies… Qu'en penses-tu mon petit Gérard ? »
« Beaucoup de bien, si ce n'est que la rivière est pleine de branches… »
« Mauvaises excuses, ça mon petit vieux, quand on connaît la précision de tes lancers !
La Saulx sentait la menthe sauvage et l'herbe froissée.
Julien Laplace était resté en retrait, attentif. Il couvrait parfaitement d'Assas. Thanarat ne pouvait se mettre en position de tir avec son automatique sans être à découvert. Rien ne servait de jouer les kamikazes étant donné la distance qui le séparait de sa cible. Il y aura d'autres occasions… Il regretta tout de même de ne pas avoir pris avec lui la carabine de chasse mais c'était trop risqué de la sortir sur la place du village.
« Dis-moi Gérard, qu'est-ce que tu dirais d'aller à Saudrupt cette après-midi ? »
« Pourquoi pas mais il faudrait qu'on aille prendre nos cartes de pêche »
« Ne t'inquiète pas, j'ai demandé à Paul Cantier de les prendre. Tout est en règle. On ne va tout de même pas braconner avec un policier qui nous observe ! Si tu veux, on partira du pont de Saudrupt et on remontera vers Haironville. De l'autre côté, c'est la réserve cette année.

Thanarat nota ces détails qui lui offraient de belles opportunités. Ça lui donnait le temps de préparer une embuscade. Il repartit

vers le village sans regret sachant qu'il avait quelques heures pour mettre au point son plan d'action.
Tout en roulant Thanarat élabora de nouvelles stratégies. Enlever la fille par exemple. Elle n'aimait manifestement pas la pêche… Et le portail de la maison ne devait pas être très difficile à forcer… À Paris, il avait eu tort de faire confiance à un petit malfrat qui avait saboté son travail. Bien sûr dans cette cambrousse, il n'y avait pas de base de replis. Mais pourquoi garder la gonzesse vivante ? Il suffirait de leur faire croire pour les forcer à se découvrir… Le risque, c'était d'attirer vers lui tous les flics du département ! De toute façon, il devait agir vite, au plus tard avant demain soir et foutre le camp avant que les types de l'organisation ne le retrouvent.

S'il ne réussissait pas son coup avant demain soir, il attaquerait de nuit en forçant la porte de la maison et en liquidant tout le monde. Il savait faire ça très bien !
À quelques kilomètres de Rupt, il consulta sa carte et nota qu'il existait un chemin qui suivait la rivière d'Haironville à Saudrupt en longeant le tracé d'une ancienne ligne de chemin de fer.
- C'est sûrement le chemin dont parlait d'Assas tout à l'heure. Il faut que j'aille voir. Ça pourrait me permettre de les prendre à revers. Avec la carabine, je pourrai les aligner à cent cinquante mètres… Je serai hors distance pour le flic avec son automatique ! Quant aux autres, ils ne sont pas armés. Avec leurs bottes, ils peuvent toujours essayer de courir… Aujourd'hui, Thanarat se passa de déjeuner…
Arrivé sur le vieux pont d'Haironville en travaux, il glissa sur une flaque de boue et tomba lourdement. Un des ouvriers s'approcha pour l'aider. Thanarat l'engueula en lui disant de se mêler de ses affaires. Une haine contre la terre entière le submergeait. Il se releva et tourna vers le chemin qui longe la Saulx. Il se calma. C'était à peine carrossable mais les courbes de la rivière lui offraient de belles opportunités. Il retint trois sites favorables à une embuscade.

À midi, il se mit à pleuvoir à verse. À quinze heures, Thanarat trempé, gelé et affamé se rendit compte que le mauvais temps avait découragé d'Assas et ses copains. Fou de rage, il se décida à remettre son projet au lendemain matin.

Rupt aux Nonnains, 10 avril

Thanarat était resté en planque depuis ce matin. D'Assas et ses copains n'étaient pas venus.
En milieu de matinée, vers les dix heures trente, les ouvriers qui travaillaient à la restauration du vieux pont d'Haironville, virent arriver un grand type, en jeans et blouson de cuir qui avait garé sa voiture au carrefour près du restaurant Le Cheval blanc, à côté de l'ancienne fontaine.
« Messieurs bonjour, Lieutenant Legrand de la Police judiciaire de Bar-le-Duc. N'auriez-vous pas vu passer dans la journée d'hier un type qui roule sur une moto, qui n'est pas du coin et porte sur le casque une bande rouge ? »

Le Naudet, qui n'était pourtant pas un type bavard et qui n'aimait pas particulièrement les flics mais qui refusait de se faire engueuler sans raison, s'approcha et dit :
« Justement si, je l'ai vu hier. Même que le gars était furieux de s'être cassé la gueule en glissant sur une flaque de boue. J'ai voulu l'aider… Il m'a envoyé promener. Après, je l'ai vu qui prenait le chemin de Saudrupt, celui qui suit la Saulx. Vous savez celui qui rattrape l'ancienne voie de chemin de fer… Le con, il n'a pas dû

se marrer avec la flotte qui est tombée hier ! On s'est tous demandé ce qu'il foutait dans le coin… »
« Vers quelle heure ? »
« Aux environs de treize heures. On venait juste de reprendre le boulot. C'est qui ce mec ? »
« Nous pensons qu'il fait partie d'une bande de malfrats qui pille les châteaux de la région. Il est sûrement en repérage. Si vous le revoyez dans le coin, n'hésitez pas à prévenir la police à Bar-le-Duc… »
Sur ce le policier s'éclipsa.

Café, restaurant les Tonnelles, Rupt, 10 avril 11 h

André le patron du bistrot, nettoyait avec application les tables que des clients venaient de quitter. La salle était vide mais il attendait dans une petite heure, les habitués qui venaient chaque midi prendre l'apéritif.
La porte s'ouvrit sur un grand type en blouson de cuir qu'il n'avait jamais vu.
« Bonjour monsieur. Lieutenant Legrand de la PJ de Bar-le-Duc. Il tendit une photo pas très nette vers André qui reconnut tout de suite le chinois, venu la veille à l'ouverture.
« Connaissez-vous cet individu ? »
« Mais oui, il est passé hier matin à l'ouverture … »
« Il est venu en moto ? »
Je n'en sais rien... J'étais trop occupé à servir les clients. Sans doute que oui ! Un de mes copains m'a dit avoir vu un type à moto qui stationnait presque à la sortie du village. C'est qui ce type ? »
« Il fait du repérage pour une bande de Saint-Dizier… Merci pour le tuyau ! »
Sans même boire le café que lui offrait André, le policier s'éclipsa.
Le bistrotier se dit que ce devait être une affaire peu banale pour que le SRPJ se déplace. Dans les villages, c'est toujours la

gendarmerie. Il faudra qu'il en parle à Gérard, son beau-frère, qui est gendarme à Saint-Dizier, la prochaine fois qu'il viendra boire un coup !

Haironville, 10 avril début d'après-midi

Le soleil était enfin revenu par instant. Thanarat savait qu'il ne pourrait trouver le meilleur coin pour son embuscade que lorsqu'il connaîtrait l'endroit choisi par d'Assas pour venir pêcher. Il avait quitté son hôtel de Bar-le-Duc vers neuf heures ce matin et prit la direction de Saudrupt espérant que le lieu de pêche choisi la veille serait le bon. Le ciel était gris et il ne faisait pas très chaud.

Thanarat patienta pendant toute la matinée. Un fois de plus, il se passa de déjeuner. Sa moto était planquée dans un chemin creux près de la route. Toujours personne. Et s'ils avaient décidé d'aller pêcher ailleurs ? Pour vérifier, il s'apprêtait à reprendre la route de Rupt, quand il vit enfin arriver la voiture conduite par le flic ! Son piège allait enfin pouvoir fonctionner !
Il attendit que la voiture l'ait dépassé, monta sur sa moto et retourna vers Haironville. Arrivé au pont, il reprit le chemin qui suit la vallée.

Depuis ce matin, à trois cents mètres de l'endroit où Thanarat se planquait, une voiture immatriculée en Belgique stationnait sur la route de Bar-le-Duc. Il y avait quatre hommes à bord. L'un d'eux observait le Thaïlandais avec des jumelles à fort grossissement. Il suivait tous ses déplacements. Dès son départ, deux des observateurs, en bleu de travail, quittèrent la voiture en planque, descendirent jusqu'au pont et prirent le chemin qui longe la Saulx. Ils passèrent à quelques mètres de Guillaume d'Assas et de ses deux amis en train de s'équiper. À deux cent cinquante mètres environ, après le premier méandre de la rivière, le plus grand sortit d'une sacoche un fil d'acier de couleur noire et l'accrocha à un arbre à un mètre cinquante du sol. Le deuxième homme prit l'autre extrémité du câble, le tendit et le fixa à un autre arbre. Ils travaillaient sans échanger une parole. Après une dernière vérification, ils s'éloignèrent, firent une vingtaine de mètres, entrèrent dans le bois et se couchèrent derrière un tas de branches mortes. Celui qui s'est présenté ce matin comme le lieutenant Legrand sortit d'une sacoche un pistolet muni d'un silencieux.

Thanarat était sûr de son coup. Il savait exactement l'endroit où il allait pouvoir attaquer. Il profiterait de la courbe de la rivière et de la berge surélevée. Une sorte de jubilation l'envahissait. Il allait enfin pouvoir se venger de ses échecs. Il pouvait prendre son temps. Il ralentit son allure. Le sol était boueux. Il ne devait pas tout gâcher si près du but !
Il était presque arrivé. Le Thaïlandais se redressa, vit le coude de la rivière, les arbres, le chemin mais ne vit pas le fil métallique. Sa tête décapitée roula jusqu'au bord de l'eau. Ses mains accrochées par un dernier réflexe maintinrent le corps sur la moto qui roula encore quelques mètres et percuta un arbre. Le moteur s'emballa et finit par caler.
Les deux hommes sortirent de leur fourré ; toujours sans dire un mot, le pseudo Legrand rangea son arme. Après avoir décroché le câble tendu, calmement, sans un regard pour le cadavre, ils reprirent le chemin en sens inverse. Près de la rivière, ils croisèrent Guillaume et, un peu plus loin, Gérard et Julien qui discutaient. Ils saluèrent fort poliment leur souhaitant une bonne

pêche et regagnèrent la route. L'Organisation venait de faire payer à Thanarat son échec.

À son deuxième lancer, Guillaume accrocha sa cuillère à une branche. Il râla d'autant plus qu'il ne savait comment la récupérer. Il allait devoir casser son fil.
Laplace, attentif depuis quelques instants, l'interpella :
« Vous avez entendu ? Il y a eu un bruit bizarre… peut-être un accident ! Par prudence, je vais aller voir ce qui s'est passé. J'en ai pour quelques minutes… Surveillez vos arrières. Je resterai à portée de voix ! »
« Que voulez-vous qu'il m'arrive ? Personne ne sait que je suis là ! J'ai entendu le bruit mais je pense que c'est une tronçonneuse… »

Il n'eut pas le temps de finir sa phrase. Son ange gardien était parti au petit trot.
« À force de se stresser, ce pauvre Julien va finir cardiaque ! Qu'en penses-tu Gérard ? »
Gérard ne lui répondit pas. Il venait de ferrer une belle truite.
« La première de l'année, jubilait-t-il. Viens par ici ma jolie ! Non oublie cette souche. Doucement ! Là ! Oh que tu es belle…
Cinq minutes s'écoulèrent. Les deux hommes s'étaient remis à pêcher.
« Guillaume, où est donc parti notre ami Julien ? »
« Il a entendu un bruit qui lui a déplu… »
« Moi aussi. Une tronçonneuse sûrement ! Il doit y avoir un chantier forestier dans le coin. Tu as vu, il y a quelques instants, les deux ouvriers qui nous ont salués. Il ne va pas faire de vieux os à se faire tant de soucis… »
Julien arriva essoufflé. Il était un peu pâle.
« Que sont devenus les deux hommes en bleus qui sont passés tout à l'heure ? Avez-vous vu passer une voiture sur le pont ? »
« Plusieurs et dans les deux directions... »
« Vous souvenez-vous de leurs têtes ? »

« Vous savez mon petit Julien quand on pêche, on ne prête pas tellement attention aux promeneurs… »
« Bon, soyez gentils ! Ramassez vos affaires et allez vers la voiture…
Gérard s'apprêtait à protester.
« On vient à peine d'arriver… Qu'est-ce qui se passe. Vous avez l'air inquiet ? »
« Il y a eu un accident ou quelque chose de bizarre pas loin d'ici, un crime sûrement… Un type vient de se faire décapiter ! C'est assez effroyable ! Le plus étrange c'est qu'il était armé… Et pas d'une sarbacane… Je dois appeler la gendarmerie du coin et avec tous les pandores qui vont rappliquer, vos poissons risquent de se barrer ! Consolez-vous demain, il fera jour et les truites seront aussi gourmandes qu'aujourd'hui ! »

Vingt minutes plus tard, une estafette de la gendarmerie de Brion arriva sirène hurlante ! A l'adjudant qui s'étonnait de rencontrer sur son territoire un commandant de la police judiciaire de Paris sans en avoir été informé par sa hiérarchie, Julien répondit qu'il est en mission de protection confidentielle et non sur une enquête locale. Il téléphona ensuite au commissaire Lehu qu'il eut immédiatement en ligne.
« Il y a du nouveau, monsieur. Sans en avoir à ce moment confirmation, je pense que Thanarat vient d'être exécuté ! Par qui ? … Aucune idée. C'est un crime peu banal ! Décapité… Je vous raconterai ! J'aimerai si possible que vous contactiez le colonel qui commande la gendarmerie de la Meuse pour expliquer ma présence à Rupt. Mon rôle semble intriguer les pandores locaux et comme il me semble impossible de rentrer dans le détail de ma mission… Comment Thanarat a-t-il pu savoir que vous étiez dans la Meuse ?... Vous allez enquêter dans le service ! Oui, c'est important… En espérant qu'il n'a pas rameuté quelques malfrats pour l'aider. Je rentre à Paris quand vous le voulez. Après demain ? D'accord ! Oui bien sûr ! Pour le moment notre ami va

bien. Il vous transmet… Je lui dirai qu'il vous doit un sacré dîner… D'accord ! Vous voulez que je vous le passe ? »
« Allo, Guillaume ! La réalité est plus hard que tes romans, tu ne trouves pas ? J'ai l'impression qu'on arrive au dernier chapitre. A se demander si les futurs lecteurs de ton roman vécu, ne vont pas trouver que tu y vas un peu fort ! C'est un peu gros ! Non ? Crois-tu que ton commandant Jacques Lefort aurait su se débrouiller aussi bien que ton vieux copain Lehu ? Alors dorénavant tu t'abstiendras de me rappeler tes souvenirs de mai 68 ! Tu me dois un dîner…et dans un bon restaurant… Salut… Que Dieu te garde ! »

Guillaume vit les gendarmes revenir avec un brancard recouvert d'une couverture. Ils se dirigèrent vers l'ambulance qui venait d'arriver. Gérard, assis dans la voiture, prenait des notes sur un calepin. Julien était toujours en grande discussion avec l'adjudant qui paraissait un peu dépassé par ce crime hors-série.

Une heure plus tard, tous les trois étaient de retour à Rupt. Julien devait repartir à Bar-le-Duc. Il avait été mandaté par Lehu, pour donner plus de renseignements au colonel de la gendarmerie locale qu'il avait eu au téléphone.

Sophie vint à leur rencontre, heureuse de les voir rentrer plus tôt que d'habitude mais un peu étonnée de les voir si sérieux.
« Déjà là ? La pêche a été bonne ? »
« Nous avons pêché sans le vouloir un requin-tigre de belle taille ! Dans la Saulx, c'est assez rare ! » Lui répond Guillaume.
En quelques phrases, il lui résuma la situation.
« Julien a dû retourner à Bar pour donner quelques explications au chef de la maréchaussée locale. Il nous en dira plus tout à l'heure. »

En fin d'après-midi Julien était de retour. Il était fatigué mais assez content de pouvoir leur confirmer que l'homme sans tête correspondait portrait- robot fait par Guillaume à la PJ
« Je vous demanderai cependant, mon cher Guillaume, de bien vouloir m'accompagner demain à la morgue de l'hôpital de Bar-le-Duc pour reconnaître le corps. Vous êtes le seul à l'avoir vu vivant. Votre témoignage est indispensable. J'espère que le légiste aura pu recoller un peu les morceaux… Enfin, je veux dire le rendre un peu plus présentable ! Les gendarmes n'ont retrouvé sur lui aucun papier d'identité mais dans ses affaires une très grosse somme d'argent en liquide et une carte annotée de la région. Il était fortement armé ! Un automatique de gros calibre et une carabine de chasse… »
« Vous êtes sûr qu'il s'agit d'un meurtre ? »
« Oui à l'aide d'un câble métallique tendu à bonne hauteur ! Les gendarmes ont retrouvé des traces sur deux arbres plantés de chaque côté du sentier. Comme par hasard le câble a disparu ! Un travail de professionnels sûrement ! »
« Mais qui a pu imaginer un truc pareil ? »
« On ne le saura sans doute jamais. Peut-être des copains à lui qui ne lui ont pas pardonné de ne pas avoir récupéré les documents… Vous savez ceux que vous aviez si habilement cachés dans vos disques ! »
Guillaume rigola.
« Lehu est en train de déteindre sur vous mon petit Julien. Vous filez un bien mauvais coton… »

En fin de soirée, Étienne Lehu téléphona. Les empreintes digitales du cadavre correspondaient à celles trouvées dans la chambre de bonne de la rue des Fossés Saint Jacques. Il ne restait plus qu'à espérer que le Thaïlandais travaillait en solo.

André le patron du restaurant de Rupt avait téléphoné à Gérard, son beau-frère. Il n'avait jamais entendu parler d'une enquête de la PJ dans les villages de la Meuse et encore moins d'un lieutenant Legrand…

La soirée se termina en musique. A la demande de Julien, les trois hommes écoutèrent religieusement l'enregistrement d'Otello de Verdi dirigé par Solti et chanté par Pavarotti et Kiri Te Kanawa. Sophie préférait lire dans son lit en chauffant la place de Guillaume qu'elle attendait avec jubilation.
Guillaume n'avait pas oublié de sortir une vieille mirabelle pour fêter l'événement… Quoique de toute façon, il l'aurait sortie comme tous les soirs pour célébrer la fin d'une journée de pêche entre amis…

Bar-le-Duc, 11 avril à 11 heures

Pour la première fois de sa vie, Guillaume découvrait ce qu'était une morgue. Tout à fait ce qu'il avait imaginé dans ses romans ! Rien qu'une formalité lui avait dit Julien… Il s'en serait bien passé ! Mais la procédure est la procédure. Thanarat était étendu sur une table métallique. Seul le visage de l'Asiatique était visible. Guillaume le reconnut immédiatement. L'odeur d'éther de la salle lui donnait la nausée. Question d'habitude sûrement !
« C'est bien le type qui m'a menacé à Paris. C'est difficile d'oublier un tel visage…
Guillaume signa sa déposition. Il se demandait qu'elle allait être la suite de toute cette aventure. A la police et au Quai d'Orsay de se débrouiller…
C'était décidément plus facile d'imaginer les démêlés de son commandant Lefort avec la pègre que d'avoir à les vivre !

Sur la route du retour vers Rupt, en traversant Brion, Guillaume pourtant avare de compliments dit à Julien :
« Je n'ai pas eu l'occasion de vous remercier, mon petit Julien. Sachez que vous serez l'hôte de la maison chaque fois que vous voudrez changer d'air. Je ne désespère pas de vous convertir un jour à la pêche à la truite… Mais ce n'est pas très important. Le

principal est que vous puissiez vous y ressourcer chaque fois que votre métier vous pèsera… Chaque fois que vous en aurez marre de supporter les Thanarat, Reinberger et autres… Lebègue… Chaque fois que vous aurez envie de vous aérer l'esprit. Vous savez maintenant où sont rangés mes opéras… Verdi, Puccini, Mozart… Vous connaissez même ma réserve de mirabelle… Et les richesses de ma bibliothèque. Paul et Marie Cantier vous attendront… il suffira de les prévenir ! »

L'après-midi se déroula sous un soleil d'avril encore un peu froid qui donnait à la rivière des reflets irisés. Une lumière dorée s'accrochait aux feuilles naissantes et décorait les arbres du jardin de haubans d'ombres.
Guillaume et ses amis allèrent dîner ce soir-là dans l'arrière-salle des Tonnelles.
Les conversations de comptoir n'en finissaient pas de commenter l'affaire du décapité du chemin de Saudrupt. La proximité du lieu d'un drame donnait toujours aux villageois voisins un droit d'appropriation.

EPILOGUE

L'enquête du service des stupéfiants de la police judiciaire allait avoir pendant plusieurs semaines des prolongements internationaux dont la presse ne sut rien.

Un général thaïlandais proche de la cour du roi se suicida d'une balle dans la nuque... Un autre disparut dans la jungle à la frontière laotienne. Le gouvernement birman protesta auprès du Quai d'Orsay pour le mauvais procès que lui faisait la presse nationale et demanda à la Chine de sauver son honneur bafoué auprès des Nations Unies.

A son arrivée à Marseille le lendemain de la mort de Thanarat, le cargo Seris, surveillé depuis son passage au canal de Suez par la marine nationale fut fouillé par les douanes qui saisirent une tonne d'héroïne pure et trois tonnes d'opium brut. Le Jovis qui faisait route vers Rotterdam fut arraisonné par la Royal Navy. La cargaison de drogue avait mystérieusement disparue, sans doute jetée en mer...

Deux réseaux de trafiquants de stupéfiants furent démantelés en France et en Hollande. L'opération menée conjointement dans les deux pays permit l'arrestation de cent vingt-sept personnes et la destruction de deux laboratoires clandestins.

Guillaume mena avec l'aide de ses amis une recherche tant en France qu'en Allemagne pour retrouver les propriétaires du tableau retrouvé au dos de sa commode. Sans succès malheureusement… Tous avaient été exterminés par les nazis. Il le proposa au Louvre qui après des mois d'enquêtes administratives, accepta de l'accrocher à ses cimaises.

Sophie n'a plus quitté Guillaume depuis leur retour de la Meuse, sans regret pour leur ancien célibat !

Le commandant Jacques Lefort a repris ses enquêtes dans le monde virtuel de son créateur et l'éditeur de Guillaume est ravi de l'inventivité nouvelle de son écrivain favori.

Xavier LELONG

Table des matières

Edition Armand ROULLEAU

18866963R00116

Printed in Poland
by Amazon Fulfillment
Poland Sp. z o.o., Wrocław